Lie:verse Liars
俺たちが幸せになるバッドエンドの始め方3

鳳乃一真
原作：Liars Alliance

MF文庫J

口絵・本文イラスト●あるてら

キミは世間一般的な意味でいう特別な存在になりました。

でも僕はキミを特別視したりはしません。

なぜならキミは、僕と同じただの人間だからです。

やりたいならやればいい。好きにしてください。

自分が思い描く『幸せ』を求めるなら、そのようにすればいい。

止めるつもりはさらさらない。たとえそれが悪逆非道と呼ばれるものであったとしても。

僕はキミが望む結末に一切関与しません。

ただ、それまでの過程で、キミを利用しキミに利用される、それだけです。

そういう健全な関係を僕は望みます。


『幸せ』という言葉を当然聞いたことがあるし、知ってもいる。

でもそれを具体的に実感できたことなんて一度もない。

多幸感なんて言葉もあるらしいがピンとこないし、何かのドラマで女優が口にしていたような『誰よりも幸せになりたい』なんて考えたこともない。

それはたぶん、自分の**かつての**人生がそれなりに充実していたからなのだろうと思う。

父親と母親と家族3人で暮らす当たり前の生活。

普通に家族と暮らして、普通に学校に行って、普通に友達と遊んで——

母が病気で亡くなった時は確かに悲しかった。

それでもきちんと区切りをつけることができたのは、母の生前、家族３人で過ごした記憶があるからだ。

病にかかった母親とそれを支える父親は、小学生だった俺に対して、子供としてではなく１人の人間として胸の内を全て語ってくれた。自身が抱く辛(つら)さや怖さを見せてくれて、だからこそ最後は笑顔でお別れしたい、と自分たちの願いを教えてくれた。

そんな両親に対して俺も正直な気持ちを伝えられたし、一緒に笑顔でお別れできるよう、家族３人で楽しい時間を過ごせるように頑張れた。

実際に楽しかったと思う。

そして母は笑顔で息を引き取り、俺と父も満足して見送ることができた。

誰かの為(ため)に何かをする大切さと尊さ。よく考え行動することの意味。何事にも終わりがあるという現実。

自分の中にある価値観の根源は、この時、両親から教わったと思っている。

幸せになりたい、なんて思ったことはなかった。それは、きっと満ち溢(あふ)れていたからだ。

だから結局のところ、そう望むのは持たざる者だけなのだ。

俺がその感覚を理解したのは、３年前。全てを奪われた後だった。

手にしていた大事なモノを一つずつ、最悪の形で奪われていった。

それは形あるものだけじゃない。精神的な支えから、自身の尊厳さえも何もかも。

そしてたった一つ出涸(でが)らしのように残ったのが、何もすることができない無力で惨めな己自身という存在だけ。

それを思い知った時、幾つもの暗く歪(ゆが)んだ感情と共に、初めて湧いてきた。

全てを失い、心の底から誰かを憎むことで、初めてそれを欲した。

『幸せ』とは何か？

想像し焦がれてはいる。だけどそれを具体的に実感できたことなんて一度もない。

でもたぶんそれは、自身が抱く理想を完璧に実現した先にあるモノだと思っている。

その瞬間、きっと自身の内から溢れ出てくる感動に、涙を流して喜ぶに違いない。

空に向かって歓喜し、この目に映る世界は美しく光り輝くモノになるに違いない。

人生で最高の瞬間。その時になってようやく、俺は『幸せ』を実感するに違いない。

自分の中には、目指すべき明確な結末(ハッピーエンド)がある。

その為ならなんだってするし、それ以外に、生きる意味などないとすら思っている。

今、《覚醒者》として共に行動するチームメンバーの中に、そんな俺の『幸せ』を理解する人間がたった1人だけいる。

彼女との関係を喩(たと)えるのは難しい。

《覚醒者》になる以前から大切な時間を共有しあった相手だ。

彼女は俺を肯定し、後押ししてくれようとしている。

でも、彼女の心を盗み見れる俺は知っている。

彼女は心の中では分かっているのだ。

俺の思い描く結末(バッドエンド)の先に未来がないことを。

それでも彼女は笑みを浮かべ、全てを捧(ささ)げ、俺に尽くそうとしてくれた。

だから、《覚醒者》になった俺は、彼女から距離を取ろうとした。

——しかし残念ながら、未(いま)だに俺はそんな彼女から逃げることができずにいる。

プロローグ

『やがてストーカーになる少女の場合』

狛芽献の過去回想1　『廃病院の塔屋の上で』

雪が降る日がよかったな。


口から零れる白い吐息が、暗闇に溶けるようにして消えていく。

冷たく澄んだ空気のせいか、空に輝く星はいつもよりはっきり見える。

狛芽献は廃病院の屋上の、さらにその上にいた。

『塔屋』と呼ばれているらしい。建物の屋上にある出っ張りで、屋上に上がるための階段部分やエレベーターシャフトの天辺部分などのあるスペースがそれにあたる。

だから本当の意味で、その建物で一番高い場所は屋上ではなく、そこである。

その廃病院の塔屋の上には、誰の仕業かベンチが一つ置かれていた。

梯子を上った塔屋の上、狭いスペースの真ん中に野ざらしに置かれたカラーベンチ。

どうやって運んだのだろう、と疑問には思ったけど、フェンスも何もない見晴らしよく開けた場所にポツンとあるベンチは、なんだか洒落ていて悪くない、と献は思った。

その廃病院は、森浜市内の山間に建っていて、長年放置されていた。

・・・とある理由で密かに有名な場所であり、前々からずっと気になっていた場所である。

それが森浜市の再開発の流れを受けて、まもなく取り壊されるらしい。

学校で誰かが喋っているのをたまたま聞いた献は、冬の寒空の中、こうして1人でやってきた。

すっかり夜も更け、周囲には光源も何もない薄暗い廃病院の中を、持参した懐中電灯を片手に階段を上り、屋上に出て、さらに錆び付いた梯子をよじ登り、たどり着いた塔屋の上。

耳を真っ赤にして白い息を吐く献は、1人で眼前に広がる景色を見ていた。

周囲の山間部は薄暗い。でも少し先に目を向ければ、街の明かりが横たわるようにどこまでも広がっている。

そこには多くの人間が暮らしている。そんな人の営みを感じられる光の川だ。

だけど今の献には、その光がどうしようもなく汚らしいモノにしか見えなかった。

塔屋の縁まで移動し足元を見下ろすが、真っ暗で地面は見えない。

眼下にあるのは、どこまでも深い漆黒の闇で、見ているだけで吸い込まれそうになる。

何かを振り払うように頭を振って一歩後ろに下がった献は、ふと夜空を見上げた。

「……星を見上げるなんていつ以来だろう？」

こんな場所だからだろう。夜空に浮かぶ星がはっきりと見えた。

でも内心では別のことを考えていた。

これだけ星がはっきり見えるのだ。雪が降る気配なんて微塵もない。

カッ、カッ、カッ……

背後から聞こえてきた甲高い音に、献はビクリとした。

誰かが梯子を上がってくる音だ。

先ほど自分がそうやって上ってきたのだから聞き間違えるはずがない。

途端に怖くなる。

どうしよう。ここには、逃げ場なんてない。

緊張から心臓の鼓動が速まる中、塔屋の縁から「ぬっ」と誰かの手が出てきた。

そして姿を現した人物は、献を見て怪訝そうな表情を浮かべた。

暖かそうなダッフルコート、首には白いマフラーを捲いている若い男の子。

ぱっと見だが献と同じ年くらいの中学生だと思う。

伸ばしっぱなしのぼさぼさの髪の毛、その隙間から見える顔色は妙に青白く、頬も変にこけている。冗談抜きで今にも死にそうな顔である。

そんな彼は、よろよろと梯子を上りきると、「ぜぇは、ぜぇは」と荒く息を切らしながら、倒れるようにして、目の前にあったベンチの上にへたり込んだ。

「あの……大丈夫ですか？」

「はぁはぁ、大丈夫じゃ……ない」

彼はコートのポケットに無造作に手を突っ込み、掴み出した何かを口に放り込んだ。

それが一つ地面に落ちた。

何かの錠剤。

そして反対のポケットから取り出したペットボトルの水を喉の奥に流し込み、むせるような咳を繰り返す。

そこで気付いた。彼のコートの下がパジャマであることに。

荒かった息は次第に治まり、彼は顔を上げ、改めて献を見た。

「……まさかの先客。しかもそれがクラスメイトとはな」

献は一瞬戸惑った。

そして、まさかと思った。

「……もしかして、灰空くん？」

「久しぶり、狛芽さん」
・・・・
半年ぶりに見るクラスメイトは、まるで別人のようだった。

中学校のクラスメイトである灰空瑠宇が入院したと担任から話があった当時のことを、献はよく覚えている。

彼の父親の訃報があってから、学校で見る彼の顔色がかなり悪いという印象があった。だから入院したという話を聞いた時もどこか納得していた。俗にいう心労が祟ったというモノに違いない。しばらくすれば戻ってくるだろうと漠然と思っていた。

でも結局、今日の今日まで灰空が学校に来ることは一度もなかった。

そんな彼とこんな場所で、こんな形で再会するなど、献は微塵も考えていなかった。

だから思わず尋ねてしまった。

「こんなところで、何をしているんですか?」

すると不自然なほどやつれた彼は、乾いた声で可笑しそうに笑った。

「自殺の名所に来てやることなんて、一つだろ」

ドキリと自分の心臓が跳ねるような音が聞こえた。

「そう……ですよね」

「狛芽さんがここにいるのだって、死のうとしているからじゃないの?」

ジッと見つめてくる灰空の言葉に、献は咄嗟に何か言い訳をしようとしたが、それをゆっくりと飲み込み、やがてコクリと頷いた。

「……はい」

「なら、お先にどうぞ」

それこそ、少し休憩しなければベンチから立つことすらできなそうな彼が、そう口にした。

そんな順番待ちができてしまった状況に、献(こん)は再び塔屋の端に立ち、眼下に広がる何も見えない漆黒の闇を見つめる。

そして夜空を見上げる。

変わらずそこには、星がただ綺麗(きれい)に輝いていた。

「すぐに飛ぶ気がないなら最後の晩餐(ばんさん)でもしない?」

振り返るとベンチに座る彼が、その右手を自身の首横に添えるようにしながら、こちらをジッと見ていた。

そして彼がポケットから取り出したのはコーンポタージュの缶だった。

手招きされるまま、献はベンチに座る灰空(はいぞら)の隣に腰を下ろす。

「よかったら飲んで」

渡されたコーンポタージュの缶は、もうすっかり冷え切っていた。

「灰空くんは、飲まないんですか?」

「飲めないんだ。体が受け付けなくて。だから後で一口舐(な)めさせて」

そんな彼を改めて見て、献は思った。

家族の死による心労という感じではなさそうだ。もっと別の、それこそ重たい病気か何か。

それを苦にして、ここまで来てしまったのかもしれない。

受け取った缶を手にした献が、ジッと見つめていたからだろうか？

「あのさ。不躾なお願いなんだけど、よければ話を聞いてもらってもいいかな？　なんで俺が死のうとしているのか」

彼が急にそんなことを言い出した。

「私でよければ」

そう答えたのは、その気持ちが分かったからだ。

なぜ自分が死のうとしているのか、その理由を誰かに知ってほしい。

その気持ちが、献には痛いほどよく分かった。

——そして彼がポツリポツリと語り出した話は、献が予想していた内容とはまったく違うモノだった。

全てを聞き終わったところで、思わず尋ねてしまった。

「……本当なんですか、それ？」

「死ぬ直前まで嘘を吐こうとは思わない」

「そうですよね、ごめんなさい」

それは気持ち悪く歪んだ話だった。

端々から人の悪意が漏れ出る生々しい話。なのにどうにも現実味がないのは、そんなことが実際に起こるとは思えなかったからだ。

事実は小説より奇なり、なんて言葉がある。

だからこそ、現実は小説よりも性質が悪い。

面白くもなければ楽しくもなく、何より希望がないからだ。

その中に、彼はいるのだという。

「もうどうしていいか分からない。疲れた。楽になりたい」

痩せこけた顔に、光が消えそうな瞳。そうしてせき込み苦しそうにしながら、自分の本音を言葉にしている。

たった今、話を聞いた献にだって分かる。

もし話通りであるなら、灰空瑠宇という中学2年生の男の子は完全に詰んでいる。

どうしようもない現実の中に、ただただ1人、取り残されている。

不謹慎かもしれないけど、思ってしまった。

きっと彼はここで死ぬのが一番いい、と。

無意識に彼の背中に手を伸ばしさすると、彼の呼吸は段々と落ち着いてきた。

「狛芽さんは……なんで死にたいの？」

顔を上げ、彼は献に尋ねてきた。

「……大した話じゃないんです」

そう、いつも教室でしているような愛想笑いを浮かべ、視線を伏せるように俯く。

話すのは気が引けた。彼が話してくれた理由に比べたら、自分が死のうとした理由なんてありきたりで特別でもなんでもないと思ったからだ。

そんな気が引けていた献に向かって、彼は言った。

「それは他人にとってでしょ？　でも狛芽さんにとっては、たった一つの真実で、深刻な話だ」

その言葉を聞いて、献は顔を上げた。

彼はジッと献のことを見ていた。まっすぐに、真剣に。

自分と向き合い、話を聞いてくれようとしている。

そんな風に感じたら、献の口は自然と開いていた。

「私、イジメられているんです」

そこから献の言葉は止まらなかった。

中学2年になって学級委員の仕事を押し付けられた。嫌だったけど、任された仕事だからとずっと頑張っていたのにずっと煙たがられた。

ある時、クラスメイトから嫌がらせを受けた。最初は冗談だったのかもしれない。でもそれはどんどんエスカレートしていき、耐えられないものになっていった。

思い切って担任に相談した。でも担任は「ウチのクラスに限ってそんなものない」と、むしろ献に対して怒った。

恥ずかしいのを我慢して親にも相談した。そうしたら親が「お前がしっかりしていないからだ」と献のことを叱りつけた。

それ以降、献は誰にも何も言えなくなってしまっていた。

気が付けば、いつ死ぬか、ということしか考えられなくなっていた。

「私、何かいけないことをしたんでしょうか？　私はただ、皆の為になればって頑張っていただけなのに」

言葉と共に涙が溢れていた。

でもすぐにそんな涙をぬぐい、笑みを浮かべた。

「ホントつまらない、ありきたりな話ですよね」

すると何か、暖かいものが自分の首にかけられた。

それは彼が、自分の首に巻いていた白いマフラーだった。

「そんな作り笑いしなくていいし、そんな自分を卑下しなくていい」

まだ息が整わない彼は、それでも声を絞り出すように献にそう言ってくれた。

「狛芽さんが頑張っていたこと、俺は知っているよ」

「なん、で？」

「狛芽さん、一度だけ病院にお見舞いに来てくれたことあったでしょ？」

「……はい。でも灰空くんのお母さんだって人に『面会謝絶だから、もう来なくていい』って言われて……」

「狛芽さんが帰る姿が病院の窓から見えたんだ。だからきっと来てくれたんだろうなって。嬉しかったよ」

「でもそれは……先生に言われたからで……」

「でも嬉しかったんだ」

そう彼は笑ってくれた。自分のしたことに対してそう言ってくれた。誰も自分に言ってくれなかった言葉を言ってくれた。

そんな彼の笑顔と、彼がかけてくれたマフラーが、とても温かく感じた。

「狛芽さん。あのさ……手を、握ってもいいかな？　実はさ……怖いんだ、とっても」

はにかむように笑う彼は手を見せてくる。

差し出された、指先が真っ赤な手。そのやせ細った手は、寒さのせいなのか、これから死ぬことに対する恐怖によるものなのか、微かに震えていた。

その気持ちもまた痛いほど分かった。献もとても怖かったからだ。

だから両手で包むように、冷たい彼の手を取った。

なんとなく彼と目が合ったが、彼は恥ずかしそうに目を背けた。

年頃の男の子らしい彼の反応に、献はなんだか嬉しくなった。

不思議だった。

彼の手の震えは少しずつ治まり、徐々に温かさを感じられるようになった。

するとその温かさにつられるように、献の心の中にあった恐怖も消えていくようだった。

「コーンポタージュ、一口貰ってもいいかな」

蓋を開けて缶を渡すと、彼は口元で傾け、一口だけ舐めた。

それだけで、彼はせき込み、蹲った。

「だ、大丈夫ですか！」

「ひさしぶりに何か食べた気がする。……でもあんまり美味しくないや」

そんな彼の笑顔につられて、献も自然と笑えた気がした。

そのまましばらくはベンチに座って遠くを見ていた。

白い息を吐きながら、自然と手を繋いだまま、寄り添うようにしながら。

真冬の寒空の下。寒いはずなのに、なぜか暖かった。

不意に彼が空を見上げた。

「今日は星が綺麗だから。死ぬにはきっといい夜なんだろうな」

「そう、ですね」

献は嘘を吐いた。
死ぬなら雪の降る日がよかった。
醜い姿で死ぬ自分を白く覆い隠してくれる雪の降る日がよかった。
「ねえ、狛芽さん。一緒に飛ばない？」
彼はそう言った。
献は彼の手をギュッと握り、隣に座る彼の目を見て、こう答えた。
「いいですよ」
日常に絶望した狛芽献は、全てを諦め、ここにいる。
そんな場所で、奇跡的に誰かの手を握った。
それが献にはとても心地よく、何も怖くなくなっていた。
独りじゃない、ということがこれほどまで安心できることだなんて知らなかった。
彼はベンチから腰を上げると、献の手を引き歩き出した。
手を引かれるまま、献の足は前に進む。

彼は立ち止まりもせず、躊躇（ちゅうちょ）もしなかった。

彼はそのまま塔屋の縁から宙に身を乗り出した。

彼に引かれる献（こん）と共に。

２人は重力に従い、落下していく。

——狛芽（こまめ）献は灰空瑠宇（はいぞらるう）と共に、バッドエンドに向かって堕（お）ちていった。

第一話

1.「えっ、今さら！」

「献先輩ってさ、ちょっと変だよね」

「「えっ、今さら！」」

何気なく呟いた雉子の一言に、俺と真白の声が重なった。

森浜市北区の中心街である観瓶坂の郊外には、人が寄り付かない廃工場がある。

塀に囲まれ、入口には「立入禁止」の文字。柄の悪い連中が出入りしているなんて噂も囁かれているし、実際にその通りであるからだ。

そこは覚醒者クラン『B.E.』のアジトになっている。

《覚醒者》とは、地方都市・森浜市で発生する普通の人間には認知できない不可思議な現象が見えるようになった若者たちのことであり、偽世界事件と呼ばれる問題に唯一対抗できる存在として、人知れず戦う者たちのことである。

そのコミュニティの一つ——クラン『B.E.』が根城にしているのが、この廃工場。

ただ不気味な外見とは裏腹に、中は綺麗に改装され実に居心地の良い空間となっている。

その中に、『B.E.（バタフライエフェクト）』に所属する俺たちチームAsh（アッシュ）が使うチームルームがある。

この日、新たに割り振られた偽世界（ぎせかい）事件について話し合うべく、俺たちはアジトのチームルームに集合していた。

そして珍しく献（こん）が遅れてまだいない時に、そんな言葉が飛び出したのだ。

問題の発言をしたのは、帽子とマスクが特徴的な女の子である雉子優良希（きぎすゆらぎ）。

日常（おもて）では、学校に行っている様子が微塵（みじん）もない極度の人見知りな高校1年生。だが非日常（うら）においては、《覚醒者》の能力である《偽装》において唯一無二の『魔法』という技術を確立してみせた逸材だ。

ウチのチームに入ってそろそろ1ヶ月なので『チームの新人』という肩書きは取っ払う頃合いかもしれないと思っている。

「えっ、今さら」

そんな天才人見知り魔法使いの雉子優良希の問題発言に、今一度同じ言葉を口にしてしまった。

「おコマがおかしいのは最初からだろう」

そう俺に同意の意思を見せる黒髪の美少女は妃泉真白（ひいずみましろ）。

日常（おもて）では、地元名士のご息女として、お嬢様学校に通う高校3年生の見目麗しきご令嬢。

だが非日常（うら）では、傍若無人（ぼうじゃくぶじん）に振る舞い、《偽獣（ぎじゅう）》と呼ばれる化け物たちを殺戮（さつりく）することにココロオドル狂戦士。

そして、そんな俺たち3人の間で今現在、話のテーマとして挙がっているのが、ここにはいないチームAsh最後の1人・狛芽献についてである。

森浜市が誇る有名進学校・優成高校に通う2年生。一見すれば、図書館で大人しく本を読んでいそうなゆるふわな女の子。

しかしその実態は、単なるストーカーである。

誰の、といえば、それは俺こと灰空瑠宇のである。

狛芽献は灰空瑠宇のストーカーである。

俺としては認めたくない事実だが、本人がそう宣言というか公言している。

それどころか本人曰く「自分がしていることにもっとも近しいのがストーカーなだけであって、私の行動はそんな枠組みには収まりきらない」とまで豪語している。

どうやら俺を付け狙う相手は、ストーカーの進化系であり、その所業に冠する名称が未だ存在しない未知の怪物であるらしい。

だから真白の言う通り、有り体に言えば狛芽献はおかしいのだ。

「いやさ、献先輩が瑠宇のストーカーであることは、もはや些細なことだと思うんだ」

「些細じゃないから。全然些細じゃないから」

それが当然であるかのような雑子に、きちんとツッコんでおく。

「そうじゃなくてさ、この前の献先輩のリアクションがどうにも腑に落ちなくて」

「？　この前、って何かあったか？」

思い当たる節がなく首を傾げる真白に、雉子は答える。

「ほら、この前、欲情した真白ちゃんが瑠宇を押し倒してエッチなことをしようとした事件があったじゃん」

「あ、あれは違うからな！　何かの間違いだからな！」

必死に言い訳する真白だが、もはや見苦しいを通り越して意味がない。

「献先輩って瑠宇のストーカーってことは瑠宇のこと好きなはずでしょ？　でもさ、あの時はむしろ、興奮気味にスマホのカメラで2人のことを撮影してたじゃん。あれってやっぱりおかしいと思うんだよね」

「うん、ごめん。そもそも全部おかしくね？　そういった部分部分の指摘云々じゃなくて、むしろおかしくない要素が今のところ何一つないと思うのは俺だけかな？」

「普通はこういう場合、嫉妬しちゃうんじゃないかと思うんだ。それこそ、『この泥棒猫！』みたいな感じで、相手の女に掴みかかるみたいな」

随分と古めかしいネタを口にしながら恋愛一般論らしきことを語る雉子の話を聞いて、なんとなく察する。

「雉子。お前最近、昔の少女漫画読んだろ？」

「うん、読んだ。今日ここに来る前に」

「リアルタイムだな」

「めっちゃキュンキュンしました。瑠宇と真白ちゃんにも是非お勧めしたいです」

雛子の話を聞き、真白が少し考え込む。

「まあその漫画タイトルは後で聞くとして……私としてはおコマの行動には特に違和感を覚えないけどな」

何気に漫画のタイトルが気になっているらしいお嬢様がそう意見を述べる。

「でも真白ちゃん。好きな人が他の女の子と仲良くしてたら、普通は嫌な気持ちになるものなんじゃないの？」

自身の感覚ではなく、どこか他人事な一般論としての意見を口にするあたり、雛子の恋愛レベルには察するところがあるが、まあそれは措いておいて、2人の会話に耳を傾ける。

「そもそもおコマは変態だからな。どうせあれだろ、NTR」

「？　なんで『核熱ロケット』の略？」

「誰も『Nuclear Thermal Rocket』の話はしていない。NTRは……その、エッチなヤツだ」

「もう真白ちゃんは、いつもエッチな話しかしないんだから～」

あどけない笑顔で「あはは」と笑う雛子。

そんな雛子を見て、真白が満面の笑みで雛子の頬っぺたを思いっきりつねり上げた。

「『親しき仲にも礼儀あり』という人が交流する上で最も大切にしなければならない礼節を忘れた悪い子はどこですか？」

「ふいまへん！　ひょうひにほりはした！」

マジで怒ると場面を忘れて出てくる表側の真白お嬢様。

お嬢様学園に通う女性生徒たちの憧れである完全無欠のお嬢様は、こういった礼節に対してはとても厳しいのである。

解放された頰を撫でながら雉子は反論する。

「で、でもさ、献先輩って瑠宇がいるところだと妙にストーカーアピールするけど、逆に瑠宇がいないところだと、普通に優しい先輩で、可愛いお姉さんって感じで、なんというか……全然恋する女の子って感じじゃないんだよね」

「そりゃストーカーだからだろ」

思わず横からツッコむ俺。

「少女漫画のヒロインとかと比べると、ガツガツしていないというか、妙に落ち着いているというか……」

「少女漫画の女主人公とストーカーのモチベーションを同じ土俵で比較するのはどうかと思うけどな」

「でも雉子の言いたいことは分からなくもないな」

　そう口にしたのは真白だった。

「一般的なストーカーって呼ばれる人種が持ち合わせていそうな嫉妬や独占欲といった雰囲気を、おコマからはあまり感じたことがない気がする。私自身、瑠宇助のことでおコマから何か言われたこともないしな」

「つまりだよ。これは私の女の勘というヤツですが、献先輩はもしかしたら瑠宇のことがそんなに好きじゃない……のではないかなと思うんだよ」

　人見知りが語る女の勘とかｗｗｗ、と思ったがもちろん言わない。

　その横で、真白がしばし考え、いつになく真面目な表情で呟いた。

「そうかもしれないな」

「だよね！」

　真白の共感を得て、自身の推測に自信を持った雉子は、こう締めくくった。

「つまり献先輩は、なんちゃってストーカーなんだよ！」

　なんだか斬新な発想が飛び出してきた。

「なら、なんでおコマはわざわざそんなことするんだ？」

　当然の疑問が真白から投げかけられた。

　これに対して、雉子は胸を張って、こう推測した。

「献先輩はちょっと変だから」

「「……」」


推理としても実にザルというか、中身がない。

やっぱりこの子アホなのかな？　めっちゃ頭がいいのにやっぱりアホなのかな？

まあ過去に人間関係でいろいろ大変だったから他人の心について考えるのは苦手なんだろうなと、心の中で思いつつも、やっぱりこの子はアホなんだろうなと重ねて思った。


「随分な言われようですね」


唐突に響く聞き覚えのある声に、俺たち3人はビクリとした。

そして「キィ」という金属音と共に、壁際のロッカーの一つが開いた。


その中から狛芽献（こまめこん）が出てきた。


「皆さん、ひどいですよ。私がいないところで、変だ変だと陰口を叩く（たたく）なんて……」

「「そういうところが変なんだよ～！」」

俺と真白（ましら）の声が重なった。

「なんでロッカーから出てくるんだよ！　というかいつからいた！」

「それはもちろん、皆さんがこの部屋にやってくる前からに決まってるじゃないですか。そうじゃなきゃこうして登場できません。少しは常識で考えてください」

「そんな登場の仕方をするヤツが常識を語るな！」

俺がギャイギャイと抗議する中、慌て出したのは雉子。

「ち、違うんです！　献先輩！　私は別に陰口を言っていたのではなく！　献先輩のことをもっと知りたくて、瑠宇と真白ちゃんの意見を聞きたかっただけで！　それに『ちょっと変』というのは私としては、可愛いチャームポイントで！」

必要以上にアワアワしながら、言い訳を捲し立てる雉子。

そんな雉子の姿に、献が微笑む。

「大丈夫ですよ、優良希さん。私はちゃんと分かっていますから」

「献先輩♡」

「だから、これからも瑠宇クンと何を話したのか、全て余すことなく私に教えてくださいね」

「もちろんでふ！」

微笑む献に頭を撫でられ、「でへでへ」している雉子。尻尾があったらブンブン振りっぱなしに違いない。

そんな姿を見たからこそ俺も思ったし、隣にいる真白も思ったに違いない。

完全に手懐けてやがる。というかコイツ、後輩使って情報収集する気満々じゃねぇか。

やっぱりただのストーカーじゃねぇか。

——そんな、やり取りをする俺たちは4人全員が、特別な力に目覚めた《覚醒者》と呼ばれる存在なのである。


事の始まりは15年前とされている。

森浜市と呼ばれる地方都市で起こった若者の集団失踪事件。通称《ハーメルン事件》。

原因不明の事態を解明できなかった当時の大人たちは、起こった出来事を『子供たちの非行』として片付けた。

しかしその裏では、森浜市における《偽世界》の発生と《覚醒者》と呼ばれる若者たちの出現が始まっていたのである。

全ての元凶とされる《偽獣》たちが引き起こす偽世界事件。

それに唯一対抗できる特別な力に目覚めた《覚醒者》たちの戦いは、今なお連綿と続いている。

戦いの中で、先達たちは少しずつ事実を拾い集め、迫る脅威に対抗すべく組織を作り上げた。

偽世界対策組織カリバーン。

カリバーンの目的は、森浜市において発生し続ける偽世界事件の対処。そして《偽獣》によって引き起こされる『現実世界滅亡の回避』である。

その為に、カリバーンは森浜市において《覚醒者》たちが戦うための環境を構築している。

新たに目覚めた《覚醒者》たちを探し、発生し続ける偽世界事件に対処すべく協力を求め、そのバックアップに努めている。

現在、森浜市においてカリバーンに登録されている《覚醒者》の数は90名以上。

だがその全てが、化け物たちとの戦いに身を投じているわけではないし、その全てが同じ志で戦っているわけでもない。自分たちの住む街の裏側を知り、自分たちにしかできないことがあると知った時、何を考え、どう行動するか？

全ては《覚醒者》たちに委ねられている。

「それで瑠宇クン、今日はどうするんですか？」

改めて俺含めチームＡｓｈの４人が揃ったところで、献にそう尋ねられる。

スマホで時間を確認する。

「雉子、どうせ今日も学校に行かずに《偽世界》に行ってたんだろ？」

「当たり前じゃん」

サムズアップする雉子優良希が《覚醒者》をしている一番の理由。

それは《偽装》による魔法探求である。

《偽装》とは、俺たち《覚醒者》が使える特殊能力。それは《偽世界》でのみ力を発揮し、元凶である《偽獣》たちと戦うための力である。

極論、雉子は魔法が使える《偽世界》に入り浸りたいと思っており、実際にそうしている。

そんな雉子が今日も今日とて、今回担当することになっている《偽世界》に先んじて潜り込み、1人で魔法の練習をしていたのは、覚醒者専用アプリＣａｉｎで確認できる《偽世界》へ侵入している《覚醒者》の申告リストで把握済みだ。

「どんな感じだった？」

「うーん、普通かな。特にやばい感じもなかったし」

「なら今日はもう行くのを止めて、明日に持ち越しだな」

「なんだよ、折角来たのに」

お嬢様としての日常から《覚醒者》としての非日常に来るのに少々ややこしいアリバイ工作が必要な真白が、どこか肩透かしを食らったようなリアクションをする。

「軽く下見に行くことも考えていたが、どちらにしろ偽世界事件解決は、休日の明日に照準を合わせていたからな」

そんなわけで「明日から頑張る」ということで今日は解散。

そう気軽に話をまとめた俺のことを、雉子が「じーっ」と見てくる。

「なんだよ？」

「いやさ、瑠宇(るう)っていつも肩の力が抜けているというか、自然体というか……いや、違うな。楽観主義者？」

「喧嘩(けんか)売っとんのかい？」

「そうじゃなくてさ。なんというか……こう、余裕を持ってデンとしているのが、お気楽っぽいというか、普段の私生活でも人生何にも考えずに安穏と過ごしているんだろうなぁ、って想像できる人柄というか……」

「お前は俺を馬鹿にしているのか？」

「そうじゃなくて、そういうのいいなと思って」

ジッと雉子を見つめ、その心を盗み見れば分かる。

雉子は別に皮肉を言っているわけでも何でもない。

憧れ、羨ましい。そういう気持ちからくる発言（単に言葉のセンスがないだけ）で、雉子は本当にそう思っている。

雉子優良希は、非日常において、天才魔法少女としての才覚を遺憾なく発揮するし活躍を見せている。

だがそんな雉子も、日常では、結局のところ、多くの問題を抱えているのだろう。

辛い過去を体験していて、極度の人見知りで。たぶん学校にもあまり馴染めていない。

だから雉子は、自然体で過ごす俺を羨ましいと思っているし、「自分もいつかそんな風になれたらいいな」とも思っているようだ。

雉子がそういう風に考えるようになったのは、変化だと思っている。

《覚醒者》になって、紆余曲折ありながら、このチームAshのメンバーになって、雉子の中で何かが変わり始めているのを、日々少しずつ感じている。

それはとてもいい傾向だと思うし、素直に嬉しくも思う。

ただそんな風に考える心の中では、別のことも考えていた。

結局のところ、雉子優良希は何も見えてないし何も分かっていない。

それは雉子が悪い、という話ではなく、俺自身が雉子に対してきちんと偽れている、という話だ。

だからニヤリと笑ってやる。

「いつか雉子も俺みたいになれるといいな」

するとジト目を向けられ、こう言われた。

「いや、瑠宇みたくはなりたくない。だって瑠宇は嘘吐き野郎だから」

ちょっとドキッとした。

意図せず核心を突いてくるのも、どこか雉子らしいと思った。

2. 灰空瑠宇の日常

明日の集合時間と場所だけ決めて解散となった。

3人と別れ、1人で北区の繁華街である観瓶坂を適当にぶらつき、目に留まった飯屋で夕食を済ませて外に出ると、すっかり暗くなっていた。

「帰るか」

電車に乗って向かった先は、中央区にある優成高校の最寄り駅。

改札を出て、駅の敷地内にあるコインロッカーが並ぶ通路へ向かう。

その中にあるいつものコインロッカーを開けると、中には空の弁当箱が入っていた。

合わせて、一言書かれたメモ用紙が添えられている。

メモには「おひたし」とだけある。

どうやら今日は当たりだったらしい。

それは別に「何が美味しかった」という感想ではない。

シンプルに「どこに混入されていたか」の分析結果だ。

検出されているのは『何かしらの薬物』。

それは通常の検査では検知されない。ただ人の体に何かしらの悪影響を与えることは間違いない。だから端的に分類するならば、それは毒物である。

おそらくこの薬物を定期的に摂取させられていたであろう人間の凡例は、俺の知る限り2件。

1人目の中年男性は、体の不調の末、原因不明の発作を起こし死亡。死因は急性心筋梗塞と診断。薬物の痕跡は一切出てこなかった。

2人目の中学生も、同じ不調に見舞われ倒れるも奇跡的に一命を取り留めた。だが半年以上の入院生活を余儀なくされ、ある種の感覚が異常なまでに鋭敏となる後遺症が残った。

だが結局のところ、その薬物について分かっているのはそれだけだ。

どこで製造あるいは採取されたものなのか？　単なる新種の毒なのか、それとも別の効能や目的があるのか？

何もかも分かっていない。

それが俺の弁当に不定期に混入されているのだ。

空の弁当箱を回収すると、再び改札を通って駅のホームに向かい、電車に乗り込む。

窓の外は暗い中、時折窓に映るのは、情けない眼鏡をかけた野郎。まあ俺なんですけどね。

そうして電車に揺られながら、いつも通りの駅で降りる。

駅の敷地を出れば、目の前に広がるのは、新しく綺麗(きれい)で閑静な住宅地だ。

「……この辺りも随分と様変わりしたよな」

今では信じられないが、かつてこの辺りは緑の多い、ちょっとした田舎といった風景が広がっていた。

全て10年前から始まった森浜(もりはま)市の再開発の影響である。

そんな住宅街にはちょっとした特徴があると思っている。

家を一目見ただけで、昔からこの辺りに住む人間の家なのかそうでないかが分かるのだ。

その基準は見るべき家の新しさや大きさではなく、敷地の広さだ。

かつてこの辺りは地方都市の周りに広がる田舎で、どの家も無駄に広い土地を所有していたらしい。そんな、ただ広いだけの二束三文でしかない土地の価値が、ある日を境に、あり得ないほど跳ね上がった。

ちょと小難しい言い方をすれば、森浜市の再開発による土地バブルというヤツである。

住人の誰しもが全く予期していなかった外資系企業の再開発計画により、田舎の土地を持っていた住人たちは、天から札束が降ってきたようなチャンスを手に入れたのだ。

かく言うウチもその一つ。先祖代々、ただ広いだけの土地を持っていた結果、その恩恵を大きく受けることになった。

それを6年前、母親が病気になった際に父親が売却整理し、それなりの金額が灰空家に入ってきた。

散財とまで言わなくても、父親は有意義なお金の使い方をしていたのを覚えているし、その様子を隣で見ていて、考えさせられたことも多かった。

そんな過去を思い出しながら見えてきたのは、この辺りでも比較的大きな敷地を持つ一軒家。

昔はこんな周囲を取り囲むような塀はなかった。それに元々建っていた家は3年前に勝手に取り壊され、今ある家はまったくの別物だ。

それでも表札には変わらず「灰空」と書かれている。

玄関の前に立った俺は、チャイムを鳴らし、鍵を開けてもらう。

「おかえりなさい、瑠宇さん」

優しそうな笑顔で俺を出迎えたのは、灰空有希。戸籍上では、義理の母に当たる相手だ。

「ただいま帰りました」

眼鏡の奥で、いつも通りの作り笑いを浮かべ、他人行儀な挨拶をすると、鞄から空の弁当箱を取り出す。

「今日もお弁当美味しかったです。いつもありがとうございます」

弁当箱を受け取った女は、それを軽く振って微笑む。

「今日も残さず食べてくれたのね」

「もちろん、有希さんが作ってくれたお弁当ですから」

そう答えながら、目の前の女を眼鏡の奥からジッと見る。

見えてくるのは、喜びと安堵。

「それにしても今日も遅かったわね」

「最近、不意に体調が悪くなることが多くて」

「大丈夫？　瑠宇さんは3年前にも倒れたたし、啓司さんと同じにならないか心配だわ」

女は3年前に死んだ父親の名前を口にし、文字通り、心配そうな表情を浮かべている。

更にジッと見れば、見えてきたのは、心の中にある嘲笑。

「大丈夫ですよ。病院で貰った薬を飲むと、症状が軽くなるので」

「そう。ならいいけど」

心配そうにしている女を見つめれば、その裏に隠れているのは、不満と憤り。

――とても分かりやすい。

「夕飯はやっぱり食べられそうにない？」

「はい、すみません。やっぱりお腹が空かなくて」

灰空瑠宇は、3年前に大病を患い、幾つかの後遺症を抱えている。

体が食事を受け付け辛(づら)くなったのも、その一つだ。

その症状は年々悪化しており、高校に入ってからは、朝は市販されている消化の良いゼリー状の栄養食品で済ませ、夜も栄養剤と水だけ。

唯一まともな食事をとることができるのは昼食のみ。

──そういうことになっている。

だからこの女は唯一のチャンスとして、俺の昼食に弁当を用意している。

俺に対して「せめて美味(おい)しいご飯を食べてもらいたいから」と笑みを浮かべて、毎朝弁当箱を渡してくる。

「お風呂が沸いているから入っちゃいなさい」

「ありがとうございます」

廊下を進み、離れにある自室へと向かう。

ポケットから取り出した鍵で自室のドアを開ける。

比較的広いワンルーム。昔から持っていたものは全て処分されているので、部屋にあるのは新しく買い直したものばかり。

中へ入ると、いつものルーティンとしての確認をする。

誰かに侵入された形跡はなく、何かされた痕跡もない。

そこでようやく人心地つく。

冷蔵庫から未開封の水のペットボトルを取り出し、念のために確認してから口を開き、喉を潤す。

「風呂に入るか」

離れを使えるのはありがたいが、ここには水道もトイレも風呂もないので、生活するうえで本宅の方に入る必要がある。

予想外の生還を果たした俺を住まわせるべく、あの女は新しく建てた家に隣接する形で離れを増築した。

水回りの設備も付けて完全に切り離してもよかったのだろうが、そうしなかったのは、世間体を気にしてだ。

再婚後、半年と経たずに夫が不審死。しかも夫の連れ子も同じ症状で倒れたとなると、当然世間からは疑われる。

警察が捜査し、司法解剖も行われたが特に何も出てこず、最終的には単なる突然死として片付けられた。

息子の症状についても、遺伝的にそういう症状が出やすい血筋であったと断定された。

要は何も出てこなかったから、それらしい理由を並べられた。それだけだ。

実際にどうであれ、世間的には正式にそう決着がつけられた。

だが、そんな警察の見解をわざわざ知ろうとする近隣住民もいなかったし、そんなつまらない、話のタネにもならない結末をあえて広めようとする者もいなかったらしい。

夫の資産を狙った後妻の犯行。

どうやらそれが、ご近所さんが求めていた一番分かりやすく刺激的なゴシップだったらしい。

そんな非難の目を避けるように敷地は高い塀で囲まれている。

だからこそ戻ってきた義理の息子に対する扱いは、当然注目を浴びることになった。

そんな中、年頃の娘を2人持つあの女は、世間に体面を保てる形として、今の様式にしたのだ。

着替えを持って風呂場へと向かう。もちろん部屋を出る時は鍵を掛けることを忘れない。

廊下を進む中、誰かの視線を感じた気がした。

だから脱衣所で服を脱ぐと、パッと見では分からないようにスマホをセットしておく。

そのまま浴室へと入りシャワーを浴びている最中、不意に浴室の扉が開いた。

そこにはタオルで前を隠しもしない全裸の女の子が立っていた。

彼女はニヤリと笑い、中へ入ってくると突然、「キャー」と悲鳴を上げた。

悲鳴を聞きつけ、母親が慌てて飛んでくる。

「どうしたの、双葉(ふたば)ちゃん」

そして彼女は、自分の悲鳴を聞いて駆けつけてきた母親に泣きついた。

「お母さん！　コイツが、私が先に入っていたのに無理矢理入ってきて、私に乱暴しようとして」

「本当なの、瑠宇さん？」

　そんなわけはない。

「いえ、逆ですね。その証拠にシャワーを浴びていた俺は濡れているし、双葉ちゃんは体が濡れていない」

「そ、そんなの言いがかりよ」

　はっきり言って、義理の妹の双葉は、やることが雑だ。

　それでもガミガミと言いがかりをつけてくるので、セットして録画していたスマホを見せる。

「なんで録画なんてしてるのよ！」

「病状の経過観察で自分を撮っているだけだよ」

　もちろん、嘘である。

「そんなこと言って！　なに!?　それで、私たちの裸でも撮ろうっていうわけ！」

「双葉ちゃん、もうおやめなさい」

　そこで母親が娘を叱りつけた。

「だって、お母さん」

「ごめんなさい、瑠宇さん。この子も悪気があるわけじゃないと思うの。ただ年頃の女の子として、あなたとどう接していいか分からないだけなのよ」

笑えない話だ。悪意以外の何があるというのか。

「もちろん気にしてませんよ」

これは本当だ。もはやいちいち気にするつもりもない。

だから2人の目の前で、双葉の犯行の証拠となる映像を消してみせる。

それで母親はようやく安堵した。

一方で、双葉の怒りは収まらない。自分の計画が失敗したことにただただ癇癪を起こす。

そして、俺を憎々しく睨みつけた。

「ホント気持ち悪いのよ、アンタ！　あの時、死ねばよかったのに！　この家にアンタの居場所なんてないのよ！」

娘の言葉に母親が「止めなさい」と叱りつけるが、さっさと行ってしまった。

灰空双葉は自分の感情に素直で、裏表がない。

相手に対して偽る気もなく、ただただ自分の感情をぶつけてくるだけ。

——だからこそ、分かりやすい。

改めて風呂に入り直し、離れにある自室に戻ると部屋の前に誰かが立っているのが見えた。

灰空一華。

対外的には俺の義姉になる女だ。

「また双葉が変なちょっかい出したみたいだけど、大丈夫だった？」

「別になんとも」

一華は鼻で笑う。

「ほんと、学ばない子よね。やるならもう少し頭を使ってほしいわ。見ているこっちが恥ずかしくなる」

そう言って一華は、不意に距離を詰めると、そのまま俺に抱き着き、そのまま俺の唇を塞いだ。

目を閉じる一華の舌が、口の中に入ってくる。

それは何かを求めるように口の中をはいずり、見つけた俺の舌を求めてくる。

反射的に身を硬くした俺から離れると、いつのまにか一華の手には俺のポケットからすり取られた自室の鍵があった。

一華は部屋の鍵を開けると、俺の腕を掴み中へと連れ込む。

そしてベッドに押し倒し、さっきの行為の続きを始める。

「なんのつもりですか？」

「別に。いつも通りよ。ただ瑠宇としたくなっ・・・・たからしにきただけ」

恋人繋ぎに手を握られ、再び唇を塞がれる。

何度も何度も貪るように相手を求める。

まるで恋人のようなキスだ。

一華の手が下半身に伸びてくる。

そしてどこかつまらなそうに呟く。

「やっぱり昔みたいに反応してくれないわね。私ってそんなに魅力がないかしら？」

「病気の後遺症なので、これればかりはどうにも」

「感じてくれたら、もっと気持ちよくなれるのに」

「母親にバレたらマズいんじゃないですか」

「バレないわよ。瑠宇がバラさなければね」

怪しい瞳がジッと見つめてきて、確信めいた笑みを浮かべている。

――一華に初めて犯されたのは、父親の葬式が終わった日だった。

唯一の肉親を失い、自暴自棄になっていた俺の部屋に入ってきた一華は、それらしいことを言って俺を押し倒し、初めて体を重ねた。

一華との関係はそれから数度続いた。深夜、一華が当時の俺の部屋にふらりとやってきては俺を求め、俺もそれに応じた。

素直に一華に従ったのは、どうしていいか分からなかったからだ。

父親が突如いなくなり、数ヶ月前に形ばかりの家族になった人間たちの中で、この世界でたった1人になった中学2年の俺には、自分を保てるモノが他になかった。

自分が自分であると証明できるものが何一つない。誰かのナニカでなければ、自分を保てなかった。

だから義姉である一華に一時、俺は依存した。

言われるがまま一華に従い、楽しませ満足させたし、自分もそれで満足していた。

——父親と同じように倒れ、殺されかけるその時まで。

一華との関係は、全てが変わり果てたこの家に戻ってきてからも変わっていない。

義理の姉は気まぐれに俺の下に訪れ、気まぐれに快楽を貪り、そして帰っていく。

今夜も同じだった。

一華は俺という玩具（おもちゃ）で欲望を満たし、自分だけ満足すると、俺から離れた。

そして俺の目を覗（のぞ）き込（こ）みながら、こう笑った。

「またね」

そして一華がいなくなり、1人になった途端、胃の中のものがこみ上げてきた。

近くのゴミ箱に手を伸ばし、全てを吐き出す。

気持ち悪い、気持ち悪い、気持ち悪い。

今すぐにでもシャワーを浴び直し、体を全て洗い流したい。

だが、心労から体が異様に重く、すぐに動けそうにない。

「クソっ」

俺が一華の言いなりになっているのには2つの理由がある。

1つは、その時がくるまで俺が何もできない弱者であると思わせておく必要があること。

そしてもう1つは、俺が灰空一華のことを単純に恐れているからだ。

俺は3年前、原因不明の発作により半年以上生死を彷徨った。

その結果、他人の心が盗み見れるようになった。

正確には他者が発する感情の機微を、鋭敏に多角的に感じ取れるようになったのだ。

そこから手に入る情報を分析し、自身の推察と共に形にする。

だから灰空有希のように、外面と内心が違う人間の内側を容易に看破できる。

灰空双葉のように、自身の感情を隠さない相手も同じだ。嘘を言っていない、というのがはっきり分かるのだから、その真偽は明確だ。

——だがそんな中、例外がたった1人だけ存在する。

それが灰空一華だ。

理由は分からない。原因も分からない。

——俺は灰空一華の心だけが、どうしても盗み見ることができないでいた。

全てが見える世界の中でただ一つ、ぽっかりと穴が空いたように何も見えない特異点。

俺にとっての灰空一華がまさにそれだ。

3．狛芽献は覗いている

『～♪』

綺麗な歌声が部屋の片隅に置かれた小さなスピーカーから流れてくる。

歌声の主の名前は真田エリィ。狛芽献が好きな女性アーティストだ。

エリィは27歳の大人の女性で、メディアへの露出も多く、写真や広告でもその姿をよく見かける。

そこに映る彼女はどれも素敵だ。でも、彼女が目を引く理由はそれだけではない。

エリィの表情にはどこか陰がある。そのアンニュイな眼差しと笑みは、見る者を引き付ける不思議な雰囲気を持っている。

そんな彼女が歌う曲は、どれも素敵だと献は思っている。

透明感のある彼女の歌声は魅力的で、思わず聞き入ってしまう。

それに献の場合、歌詞に乗せられた気持ちに共感させられてしまうことが多い。

もしかしたら自分のことを歌ってくれているのではないだろうか？

時折、そんな都合の良い解釈をしてしまうこともある。

スピーカーから素敵な歌声が響いているのは、狛芽献（こまめこん）が借りている物件のリビング。

高校進学を機に、献は親元を離れ一人暮らしを始めている。

正確には献の両親が、娘を残して別の街に引っ越してしまった、というのが正しい。

世間体を気にして、この街で生きていくのが居たたまれなくなって、逃げ出したのだ。

彼らの娘は、当時通っていた中学校でイジメの被害に遭っていた。

それが発覚したのは、高校受験前のクリスマスの日。

証拠となる動画や音声が一斉に出回り、警察も巻き込む大騒ぎとなった。

映像に映っていた学生たちは、その日の夜に急遽（きゅうきょ）学校から呼び出された。訳も分からずやってきて、自分たちがイジメの加害者であるとバレた者たちの中には、飲酒をしていた者もいたらしい。

高校への推薦入学を獲得していた者たちも多かった中、加害者たちは全員それ相応のペナルティを受けた。

そんな出回った映像・音声の中には「相談しにきた娘を叱りつける父親の姿」も含まれていた。

助けを求めた娘に対して父親が吐いたのは、あまりにも身勝手な暴言の数々。「イジメられるような子供の親」というレッテルを嫌がり、「そんなものはない。全部お前が悪い」と娘に怒鳴り散らす内容だった。

これを知った警察、支援団体、あらゆる大人たちが献の家に押しかけ、父親を問い詰めた。

父親は、映像の中での娘に対しての高圧的な態度とは正反対に、やってきた大人たちに対して、ただただ頭を下げて許しを請うだけだった。

そして父親と母親は、自分の娘のことをこれまで通りに見られなくなった。

家族の一員ではなく、頭の上がらない他人としか見られなくなったのだ。

当然の結果として『家族』という枠組みは歪んで壊れた。

両親はすぐに森浜市から去る決意をし、唯一受けた進学校に合格した娘は「1人この街に残る」と告げた。

献の選択を聞き、両親が「ほっ」としたのを今でも覚えている。

それから毎月、両親から安くない金額が仕送りとして送られてくる。

でも《覚醒者》になってから、献はそれに一切手をつけてはいない。

今の献の生活は、全て《覚醒者》として自分が稼いだ報酬の上にある。

単なる女子高生が身の丈にあっていないマンションの一室を借り、そこに住んでいるのだ。

近所では、「どこかの社長の隠し子か愛人」あるいは「自分の体を売って稼いでいる」と陰口を叩かれているのを知っている。

別に気にしていない。そんな雑音は、献にとってはどうでもいいことだ。

自分と関係ない人間からどう思われ何を言われたところで、今の献は何も感じない。

そんな献が、今住むこの部屋を選んだ理由。

それはこの建物が、灰空瑠宇の家に仕掛けた盗聴器から電波を受信できる距離にあり、さらに瑠宇の家の敷地を見下ろせる高層階にあるからだ。

広い室内は最低限の生活用品があるだけで閑散としている。リビング以外は使っておらず、ほとんどの部屋は空き部屋のまま。

そんなリビングにあるスピーカーから、小さく静かに好きな曲が流れている。

でもそれは、献の耳には届いていない。

机に座り、ペンを握る献は怒りに震えていた。

両耳を塞ぐ高性能ヘッドフォンから聞こえてくる女の喘ぎ声に、献は歯をむき出しにして怒り震えていた。

そしてふらりと立ち上がると、握り込んだペンを壁に向かって思いっきり突き刺す。

「死ね、死ね、死ね、死ね、死ね」

壁に貼り付けた灰空家３人の写真、その中の１枚、灰空一華の写真をめった刺しにする。

怒り任せに、刺し続ける。

灰空瑠宇の日常は詰んでいる。

瑠宇が中学生になってしばらくして、瑠宇の父親・灰空啓司は再婚した。

自身に息子がいたように、相手の女性にも連れ子の娘が2人いた。

そうして新たに家族5人で生活することになった。

——よかったのは、最初だけ。

しばらくして父親の啓司が突如、急性心筋梗塞で逝去。

息子の瑠宇もまた、原因不明の症状で倒れ、生死をさまようこととなる。

警察も何かしらの事件性を疑った。

父親の死体は司法解剖に回されたし、その後に倒れ、大手の病院に運び込まれた瑠宇の検査結果についても検分された。

だが何かしらの異常が発見されることはなく、最終的に灰空家は遺伝的に心臓に疾患を抱えやすい家系であったと判断され、父親は病死、息子は精神的ストレスによる疾患発症と断定された。

それが世間における結末だ。

だが瑠宇は、それは違うと言っている。

父親は殺され、自分もまた殺されかけたのだと言っている。

でもそう叫んだところで、そんなのは世間からすれば『子供の戯言』だ。

大人たちが断定した結論を前に、無力な子供の主張など通るわけもなく、何かが覆るわけもない。

それが常識であり、世界の当たり前だ。

だから中学生だった灰空瑠宇は『無力な子供』から脱却すべく足掻き続けた。

世間的には『正常』と判断された異常な環境の中で、殺し損ねた自分の命が再び狙われる可能性がある中で、それでも戦う方法を模索した。

自分にできることに注力し、いつか全てを覆すべく、今に抗う決意をした。

それが報われ、最初の第一歩として新たな高校生活を迎える直前。

彼は期せずして《覚醒者》と呼ばれる存在になった。


――だから灰空瑠宇は予定を前倒しにすることにした。


狛芽献は灰空瑠宇の過去を知っている。

それは別に献がストーカーであるからではない。

かつて共に過ごし、本人から全て聞かされたからだ。

だけど今、献は瑠宇が何をしているのか教えられていないし、何をするつもりなのかも教えられていない。
だから狛芽献は灰空瑠宇を探っている。
狛芽献の願いはただ1つ。
灰空瑠宇に『幸せ』になってほしい。彼が望む幸せな結末を迎えてほしい。
ただそれだけ。
ただ、それだけなのだ。

——そのためだったら、献はなんでもする覚悟がある。

第二話

1. カノープスでの揉め事

休日となる翌日。

朝から家を出ようとしたところで、義母の有希に声を掛けられた。

「双葉ちゃんが見当たらないの。何か知らないかしら？」

どうせいつもの家出だろう。

中学生の双葉は、嫌なことがあるとすぐ家出をする癖がある。

なんでも友人の家を渡り歩いているらしい。

その癖、中学では優等生で通っているらしく。来年はお嬢様学校として名の知られている、妃泉女学園に推薦入学することが決まっているようだ。

生徒会長になった姉の影響なのか、はたまた母親が支払った多額の支援金が理由なのか。

「もし見かけるようなことがあれば、声を掛けておきます」

そう作り笑いを浮かべ、さっさと家を出る。

チームＡｓｈとしての集合時間は昼過ぎだったが、昨日の夜のこともあって、どうにも家にいる気になれなかった。

そのまま最寄りの駅へ。さて何をして時間を潰そうかと考えながら、改札を通りホームに向かうと、見知った人物の後ろ姿があった。

偶然、とはどうにも思えない。

なんとなくその隣に立つと、向こうがこちらを見てきた。

「こんなところで奇遇ですね、瑠宇クン」

「そうだな、妙に作為を感じる奇遇だな」

「随分と早いですね。集合時間まで、まだ時間がありますよ？」

「そうだな。さて持て余した時間をどうするかな？」

「もしお暇なら、私の書店巡りに付き合ってくれませんか？」

そんな申し出に、チラリと献を見る。

「言っておくけど、俺は隣にいるだけで、何もしないからな」

「構いません」

「なら先にどこかで朝食を食べさせてくれ。腹が減った」

「もちろん」

そうして2人で電車に乗り込む。集合場所の最寄り駅で電車を降りて、適当に食事をして、献のウィンドウショッピングに付き合う。

別に特別な時間というつもりはない。ただ献の隣にいるだけ。

時折、気になったことを呟いたり、相手の言葉に適当に返事をしたりするだけ。

日常において、献から俺に声を掛けてくることは滅多にない。

俺たちの間に決まり事があるからだ。

とはいえそれは、厳密な決まり事ではない。

所詮は単なる口約束で、先ほどのように反故にされることだってある。

でも互いに、そうする必要があれば破るし、そうでなければ決して破られないというのを自覚している、そんな口約束。

「そろそろ時間ですね」

「じゃあ行くか」

本人相手には言わないが、正直、気持ちが楽になった。

だからチームＡｓｈの待ち合わせ時間までには、いつもの調子に戻れていた。

待ち合わせ場所に向かうと、すでに雉子と真白の姿があった。

「あっ、やっと来た」

「遅いぞ、瑠宇助、おコマ」

——結論から言うと、特筆することもなく今回の偽世界事件はスムーズに片付いた。

ビルの合間にある駐車場に、割れたガラスように広がる空間のひび割れがある。

一般人には認知できず、俺たち《覚醒者》にしか見えないそれの正体は、現実世界と森浜市の裏側にある《虚無》と呼ばれる空間の境にできた『綻び』。

それは痕跡でもあり、この場所で誰かがあちら側へと誘いこまれた事実を示している。

森浜市において実しやかに囁かれる《神隠し》の原因がこれだ。

「さて、それじゃあ、準備をして行きますか」

覚醒者専用アプリＣａｉｎを使ってカリバーンへの偽世界への侵入申請をした後、『穴』に向かって手を伸ばす。

それだけで俺たち４人は、《偽世界》の中に立っていた。

——そこからは、いつも通りの展開。

《覚醒者》の能力である《偽装》を手に偽世界内を探索し、『繭』に囚われた被害者を発見。一度、現実へと戻り、カリバーンに「これから被害者を救出する」旨を報告すると、再び《偽世界》へと渡る。

そして先ほど発見した『繭』を引き裂き、被害者を引っ張り出す。

「！！！！！！！！！」

直後、《偽世界》中に鳴り響くのは、《警戒音》と呼ばれる警報だ。

それは、この《偽世界》中にいる《偽獣》たちに緊急事態を知らせる合図であり、これを聞いた《偽獣》たちは文字通り、目の色を変えて被害者を奪い返しにくる。

四方八方から襲い来る《偽獣》たちを、手にした《偽装》で蹴散らしながら、俺たち4人は助けた被害者と共に現実世界へと帰還する。

「よし、救出成功」

脱出後、空間にできたひび割れは、パズルのピースがハマるように閉じていく。

それは、偽りの世界を維持する人柱を失った《偽世界》が消滅することを意味している。

――そうしてその場に残ったのは、数日前に行方不明になった意識のない若者を抱えて街中に放り出された俺たち4人である。

もしこのままなら、当然大騒ぎとなる。

そこで待ち構えてくれているのが、こちらからの事前の要請に応えて受け入れ態勢で待機していた、秘密結社であるカリバーンのエージェントとスタッフの大人たちである。

周囲からその場を隠すように、それらしいカモフラージュを用意。手早く俺たちから被害者を預かり、そのまま専属の病院へと搬送していく。

「ご苦労さまでした」

礼の言葉と共に、迅速に撤収作業を始める秘密結社の構成員たちを横目に、役目を終えた俺たちもまた、目立たぬようにそそくさとその場を去る。

何気なくスマホを取り出し、覚醒者専用アプリＣａｉｎ（カイン）を開く。

そしてトップページを確認すると、そこにあった『崩壊指数』の数値が『４５・７８６％』から『４５・０９８％』に下がった。それはある意味、自分たちがしたことの結果ともいえるだろう。

「さて、やることもやったし、今日は解散ということで」

そう３人に手を振って背を向けたところで、誰かにガシリと服を掴（つか）まれた。

まあそんなことをする奴（やつ）は１人しかいない。

「なんだよ、雉子（きぎす）」

「今日は頑張ったから、美味（おい）しいご飯が食べたいです」

腹に手を当て「お腹（なか）が空（す）きました」アピールしてくる雉子が言いたいことは、心を盗み見なくたって分かる。

「んじゃ、カノープス行くか」

雉子は無言でサムズアップ。「分かってるね」と心で思うんじゃなくて、口で言え。

そうなったら当然のごとく、献（こん）と真白（ましら）もついて行くと言い出した。

つまりウチのチームメンバーは全員、カノープスに胃袋を鷲掴（わしづか）みにされているのである。

事情を抱える上流階級のお嬢様の都合もあり、『B・E・』のナワバリである北区からカノープスがある中央区へはタクシーで移動。

綺麗な街並みを進み、大通りから一本裏の通りに入れば、看板も出ていない、いかにも何かありそうな入口がある。

そこは会員制、もっと言えば《覚醒者》の関係者専用の店になっている。

それがここ『カノープス』だ。

「いらっしゃい」

出迎えてくれたのは、久我夜色さん。カノープスのバーテンダーでありオーナー。そして覚醒者界隈では名の知れた情報屋でもある。

「食事なんで2階に上がらせてもらいます」

「ゆっくりしていってね」

この建物全てがカノープス所有となっており、お客の用途によって利用する階層が違う。

1階フロアはバーカウンターのある落ち着いた雰囲気。2階はレストランとして食事を楽しめる空間。3階以上はプライベートを重視した個室。地下フロアもあり、そちらはクラブのように騒げる場所になっている。

今日は、休日ということもあってか、他の《覚醒者》たちがチラホラ。

見知った顔もいるが、そのまま何事もせず案内された席に腰を下ろす。

テーブル席に座ると、さっそく雉子がメニューに手を伸ばした。

「さてと、今日は何を食べようかな。おっ、この洋食セット美味しそう！　よし今日はこれにしよう……と思ったけど、やっぱりこのサンドイッチにしようかな」

突然の路線変更。なぜそうしたのかは、心を盗み見なくても、雉子の隣に真白が座っていることから容易に想像がつく。

「知ってますか、雉子さん。サンドイッチを食べるのにもきちんとした作法があるということを？」

先ほどまで《偽世界》で、《偽獣》相手に、手斧を振り回し、「あひゃひゃひゃ」と狂気に満ちた笑顔で暴れまわっていた狂戦士が、深窓の令嬢のように微笑んでいる。

まあ実際にご令嬢な真白お嬢様の笑みに、雉子が「ひ、ひぎぃ」と情けない声を上げた。

「ですから、好きなものを頼んだ方がいいと思いますけど？」

「……洋食セットにします」

雉子はテーブルマナーがなってない、というか食事の仕方がかなり悪い。

どうやらこれまで生きてきた中で、誰かと一緒に食事をする機会というのが極端に少なかったらしく、この辺りの礼儀作法に対して雉子はとにかく頓着がなかった。

初めてここで一緒に食事をした時にそれを見かねた真白お嬢様は、以降こうして雉子に『淑女としての振る舞い』を叩き込んでいる。

この面子でカノープスに来たら恒例行事のはずなのだが、いつも雉子はそのことをすっかり忘れ、このタイミングで思い出す傾向にある。

毎回、悪い記憶を消去しているのか、あるいは単純に食い気が優先してしまって失念しているだけなのか。

ちなみに俺はアラビアータパスタ、献は和食御前を注文した。

というわけで、食事が始まった。

真白も雉子に合わせて洋食セットを注文。2人の前にはサラダやスープ、プレートに載ったハンバーグ、エビフライなどが次々と運ばれてくる。

真白の姿を見習うように食器に手を伸ばす雉子の姿は微笑ましい。

「ずびーっ」

途中、スプーンで掬ったコーンスープを、音を鳴らして飲んだ瞬間、真白お嬢様の笑顔が恐ろしくなるなどもあったが、それ以外はちゃんとしていて、雉子の成長が窺える。

「よくできました」

「えへへ、真白ちゃんに褒められちゃった」

レクチャー中の表真白は、注意すべき時は注意するが、きちんとできればちゃんと褒める。

相手に合わせてなのだろうが、飴と鞭の使い方が上手い。元来、誰かに何かを教えるのが得意なのだろう。

初めてこの場所で食事をした時は、素っ気なかった2人も、今ではきちんと親睦を深めている。

雉子はもう立派なチームAshの一員だな、と心の片隅で思った。

そうやって食事を済ませ、デザートを楽しんでいる時。

——それは突然、起こった。

ガタン、と大きな音がした。

「なにすんだ！」

叫ぶ声にそちらを見る。

どうやら2つの覚醒者グループが揉めているようだった。

片方はすぐに分かった。『B.E.』のクラン所属のチームKITE。

つい先日、結成されたばかりの新設チームで、よく見かける『B.E.』所属の《覚醒者》連中同様に、身勝手至上主義な人間の集まりだ。

それでもあえて特徴を挙げるとすれば、現在騒ぎの中心にいる管野誠だろう。

管野は高校1年生ながら実績を認められ、新チームのリーダーに抜擢された若手のホープ。クソみたいな性格だが、色々な意味で抜け目なく立ち回り、周囲から優秀であるという評価を受けている。

そんな管野と揉めているのは、たしか『フラフニ』所属の……そう、須賀くんだ。

近くには同じチームの風和さん。それと見慣れない顔も交じっている。

「仲間がいるからって粋がってんなよ、チビが！」

管野が、何を思ったか床に倒れた須賀くんに手を伸ばし、取っ組み合いをしている。

「瑠宇、アレってマズくない？」

ビビッて隣の真白に引っ付いている雉子の言う通り、もちろんマズい。

絶対中立エリアともいえるこの店で揉め事を起こそうなんて正気の沙汰とは思えない。

チラリと見れば、当然、そういったことを見られてはマズイ人が控えている。

「ったく」

しかたないと、テーブルにあった水差しに手を伸ばし立ち上がると、そのまま管野の方へ足を進める。

須賀くんの仲間が「放せ！」と叫ぶところ、俺は手にした水差しを傾けた。

管野の頭の上で。

「わ～火事だ～。たいへんだ、たいへんだ。急いで鎮火しなきゃ～」

棒読み台詞を口にする中、「びちゃびちゃ」と流れる水が管野の頭に降り注いだ。

「ムカついたからって、手を出すのはマズいよな。せいぜい、水をぶっかけるくらいにしておかないと」

顔を上げた管野が、こちらを睨みつける。

「なんのつもりっすか、灰空さん」

そんな管野にニヤリと笑い、言ってやる。

「多発する偽世界事件に対応すべく、カリバーンは《覚醒者》の自由意思を尊重し、俺たちは好き勝手にやらせてもらっている。だがそんなカリバーンが、固く禁じているルールがいくつかある」

ハッと気付いた管野がそちらを見る中、俺は続ける。

「覚醒者同士の私闘はその最たるものだ」

管野の視線の先には久我さんがいた。

「クズだが普段は抜け目なく立ち回るお前が、珍しく周囲が見えていないようだな」

俺の忠告を理解したのだろう。

「いやー、お騒がせしてすみません！　ちょっと悪ノリが過ぎましたかね？」

スイッチが切り替わったかのように軽快な笑みを浮かべた管野は、まるでさっきまでの怒りが嘘だったかのように周囲に愛嬌を振りまく。

「そんなにマジになんないでくださいよ！　いつものノリだよな？　須賀くん」

ふざけた管野の物言いに、文句を言うこともなく、ただ「あぁ」とだけ応える須賀くん。

その後ろ姿をじっと見る。

須賀くんから見えてきたのは、悔しさ、そして憤り。

でもそれは、管野に対してというより、自身に対するものであるようだった。

「それじゃ、俺たちは退散するんで、どーも皆さん失礼しました！」

そそくさと逃げ出すようにその場を去ろうとする管野が、須賀くんに何かを言っている。

だがこっちはこっちで、一言、謝っておかなければならない相手がいる。

「すみません、久我さん」

「灰空くんが注意してくれたし今回は大目に見るよ。数少ないお客さんを出禁にするのは忍びないしね。さてと、それじゃあ僕は灰空くんが無駄にバラまいた水を拭く準備をしようかな」

しっかりと怒ってらっしゃるようだ。こりゃ、俺たちもさっさと退散した方がよさそうだと思っていると、同じ判断をしたらしい3人がこちらに近づいてくる。

「やるじゃねぇか、瑠宇助（るうすけ）」

「流石（さすが）ですね。惚（ほ）れ直しました」

「というかなんかムカつくヤツだったし、もっとガツンとやってやればよかったのに」

相手がいなければ強気な態度の人見知りに、ニヤリと言ってやる。

「それをやったら俺まで出禁になる。それにもしそうなったら連帯責任で雉子（きぎす）も出禁になるかもな」

「それは絶対ダメです。もはやカノープスのご飯は私の生活の一部なのです」

随分、お気に入りのご様子だ。

「あのぉ……」

ふいに後ろから声を掛けられた。振り返ると、須賀くんの仲間の男の子が立っていた。

周囲に目を向けるといつのまにか須賀くんと風和さんの姿がない。

「さっきは仲間を助けてもらって、ありがとうございました」

彼は俺に向かって頭を下げた。

そんな彼がなんとなく気になり、ジッと盗み見たからこそ、言っておく。

「強くなるヒントが欲しいなら、まずは今の自分に何ができるのか。そこを理解するところから始めた方がいい」

彼から感じ取れたのは、俺に対する素直な感謝。だがそれと同時に自分の至らなさ、何より「強くなりたい」という強い意志が見て取れた。

驚いた表情で顔を上げた彼は、俺に聞いてくる。

「あなたはいったい？」

聞かれたのであれば名乗らないわけにはいかないだろう。

「俺の名はミシシッピ梅之介。通りすがりの《覚醒者》だ」

しっかりと偽名を名乗っておく。

雉子がかなりご機嫌斜めでそこにいた。


「？　さっき灰空さんって、呼ばれて……」

「ちっ、勘のいいガキは嫌いだぜ」

ぽむっと叩かれた、振り返ると、偽名被害者の雉子がかなりご機嫌斜めでそこにいた。

「なんかズルい。それなら明らかに偽名って分かるじゃん！」

「まあ以前、他人の名前を借りた結果、大惨事が起こったらしいから。そこは反省して、冗談と分かるようにしてみました」

「あの時は本当に恥ずかしかったんだからね！」

俺と雉子が初めて出会ったのは、雉子が《覚醒者》に『なりたて』の時。

たまたまそれを見つけた俺は、偽世界観光ツアーと称し雉子に簡単なレクチャーをしたのだが、その際、適当に名乗った偽名が、のちに問題となったらしい。

なんでも俺と別れた後、雉子は新人研修を受けたクラン『蒼森風夜』のメンバーに「その名前に心当たりがないか？」と聞いたらしい。

それが某エロゲ主人公の名前だと知らずに、真顔で真剣に。

まさに黒歴史。そんな因果を生んでしまったからこそ思うことがある。

「やっぱり嘘はよくないよな」

「どの口が言うか！」

今度はゲシッと背中を殴られた。

雉子とそんな掛け合いをし、会計を済ませてカノープスを出たところで、ふと思った。

「そういえば、彼の名前を聞いていなかったな」

『フラフニ』の新人だと思われる先ほどの彼の顔を思い出す。

「まあ狭い業界だ。《覚醒者》を続けていれば、どこかで顔を合わせることもあるだろう」

——『彼』に対する第一印象は、そんなモノだった。

2. 真鏡焔はカリバーンから呼び出しを受ける

真鏡焔は《覚醒者》である。

森浜市北区をナワバリとする覚醒者クラン『B・E・』のクランマスターをしている。

趣味は1人で歌うこと。前から密かに猫を飼いたいと思っている。

ここしばらくハマっているのは映像作品を見ることだ。

基本なんでも見る。映画やドラマ、アニメなんかも嫌いじゃない。

いい作品もあれば、クソみたいな作品もある。好きな作品もあれば、嫌いな作品もある。

沢山の作品を見たからこそ、作られた非日常には、ある種の完成された世界がある、と焔は思っている。

決まった時間の中、配役たちには役割があり、そんな人物たちによって織りなされる物語があり、そして最後には見ている者に何かを伝えるような結末がある。

いつ終わるかも分からない日々が、ただ惰性のように続く日常とは大違いだ。

そんな焔は大学2年生となった今年、大学を休学している。

焔が《覚醒者》になって4年が経つ。

――最近、空を見上げながらよく考えることがある。


「げっ」

そいつと顔を合わせた瞬間、焔は思わずうめき声を上げてしまった。

それは相手も同じだった。

佐神駿河。森浜市南区をナワバリとする覚醒者クラン『フラフニ』のクランマスターである。喩えるならば不良映画に出てきそうなチームの頭で、絵に描いたような悪ガキだ。

佐神とは出会った当初から反りが合わず、何かと反目し合うことが多い。

そんな嫌な表情を浮かべ合った2人は、相手を無視するように廊下を歩き出した。

場所は中央区の一等地にそびえる巨大なビル。

表向きは森浜市のセキュリティを一手に担う警備会社、その実態は秘密結社カリバーンの本拠地である。

焔がここにやってきたのは、カリバーンから招集を受けたからだ。

正直、来るのは面倒だったが、秘密結社から任務と報酬を受け取っている公式クランのトップとしては、応じないわけにはいかない。

そのまま廊下を進むが、なぜか佐神が隣を歩いている。

どうやら向かう先は一緒。つまり南区のクランマスターも、焔と同じように呼び出しを受けたらしい。

そうなると、他もいるな。

指定された会議室の前まで来ると、隣を歩いていた佐神がこちらを追い越すようにして扉を開けて、なんだか勝ち誇っている。

男のくだらない見栄か何だか知らないがアホらしい。

どっちが開けたからなんだというのだ。

でもムカついたので、「さっさと入れ」とその尻に一発蹴りをお見舞いしておく。

広い会議室の中は楕円形の机が置かれ、椅子がいくつも並んでいる。

そんな会議室には、すでに案の定な人物がおり、まぶしいくらいの笑みを浮かべ手を振ってきた。

「おはよう、2人とも」

空海蒼。森浜市東区をナワバリとする覚醒者クラン『蒼森風夜』のクランマスター。

整った中性的な顔立ちに、きらきらした瞳とあどけない笑顔。その立ち振る舞いから溢(あふ)れる雰囲気も相まって、どこか見ている者を引き付ける魅力がある。

ファンタジーな喩(たと)えをするなら、神に祝福された勇者か英雄といったところで、実際それに見合う正義の心というのを持っている。

「よう空海。お前も呼ばれたのか」

そう笑みを浮かべる佐神が空海の隣に向かう一方、焔は1人、離れた席に腰を下ろす。

楽しそうに会話をする佐神と空海、そしてここでは誰とも群れる気がない焔。

それはちょうど、3人が仕切る3つのクランの関係性を表しているようだ。

「いやー、皆さんお揃(そろ)いで」

ほどなくしてやってきたのは、ふざけた柄のスーツと妙なメイクをした特徴的な男。

住ノ江郁人(すみのえいくと)。

秘密結社カリバーンの13人のエージェントの1人。エージェントナンバーは『Ⅱ』。

そして覚醒者クラン『B・E・(バタフライエフェクト)』の専属エージェントでもある。

郁人は、まるで大学の講師のような足取りで会議室の一番奥にある中央の席に座る。

「遅れてもう1人来ますので」

郁人の言葉に空海が「えっ」と反応する。

「もしかして『終極(ピリオド)』の……」

「いえ、鬼灯氏は欠席です」

だろうな、と焔は思った。

覚醒者クラン『終極』のクランマスターである鬼灯蓮が、ナワバリである西区から出てくるはずがない。

『終極』は、全クラン参加自由な中央区の案件にも一切手を出そうとせず、徹頭徹尾、自分たちのナワバリで発生する偽世界事件にのみ注力している。

外に出ようとしない。そして中に入ってこられることを極端に嫌う。

かつて『B.E.』所属の覚醒者チームがナワバリを無視し、西区で発生した偽世界事件に手を出したことがあった。

その《覚醒者》たちは、《偽獣》にではなく『終極』所属の《覚醒者》たちによって手痛い報復を受けた。

『B.E.』のナワバリ無視と『終極』の《覚醒者》に対しての《偽装》による暴力行為。

当然、問題となったが結局は痛み分けとなった。

そしてこの一件で、覚醒者クラン『終極』は、他のクランに対して自分たちのスタンスを明確に示した。

――俺たちのナワバリに入ってくるな。

そのことを思い出していたからこそ、焔は当然の疑問に思い当たる。

ということは、最後のもう1人というのは……

「すみません、遅くなりました」

部屋に入ってきたよく知る男に、思わず舌打ちする。

志波安悟。カリバーン直轄クラン『Ｗａｌｈａｌｌａ』第一席。

『Ｗａｌｈａｌｌａ』は他のクランとは根本的に違う。

全覚醒者の中から実力により選別され、カリバーンからのオファーを受けることで初めてクラン入りの権利を得る。

その席は４つ。故にそこに座するのは最強の４人。

《覚醒者》の中には『Ｗａｌｈａｌｌａ入り』と称える者もいるが、焔に言わせれば、カリバーンの犬でしかない。

形式的にはその４人には上下関係がないことになってはいるが、まとめ役は必要である。

そして現在の『Ｗａｌｈａｌｌａ』において、実質的なクランマスターとしての役目を担っているのが、この志波安悟である。

「帰る」

そう席を立った焔の行く手は、安悟によってさえぎられる。

「そう言うなって、焔」

「テメェと一緒の空間にいるのが嫌なんだよ」

睨みつける焔に対して、安悟は「やれやれ」といった表情を浮かべる。

「感情的になって目の前のチャンスを取りこぼす。昔からの悪い癖だ」

「あん？」

「郁人さんが、これだけの面子を集めたんだ。『B．E．』のクランマスターならその意味を考えたらどうだ？」

安悟のその台詞は、焔からすれば挑発だ。それも個人的にかなり腹立たしい部類の。

だからこそ、舌打ちと共に元の席に座った。

そしてなぜか、安悟が隣の席に腰を下ろす。

「なんで隣に座るんだよ」

「ここがいいからだよ」

昔から変わらぬニヒルな笑みを無視して、こちらの様子を窺っているピエロな男に「さっさと話をしろ」と睨みを利かせる。

そんな焔の殺気を察した郁人は、一つ咳払いをしてから、話し始めた。

「皆さん知っての通り、この森浜市では日々偽世界事件が発生しており、それに対抗できるのは……」

「おい、郁人。そのくだらない前口上は必要なのか？」

イラつく焔の睨みに郁人が肩をすくめる。

「……えーっ、では要約しますが、森浜市で発生し続ける偽世界事件を抑えるために僕たちカリバーンがあり、それができるのは皆さん覚醒者だけです」

「つまり、正義の名の下に大義を成そうということですね！」

にこやかに目を輝かせる空海(そらうみ)が、恥ずかしげもなくそんな言葉を口にする。

「その通りです。流石(さすが)は空海くん。分かってますね」

にっこり笑い返す郁人だが、焔の目からは郁人が「暑苦しい」と思っているように見えた。

「本題に入る前に、まずご報告。中央区で『特殊偽世界事件』が発生しました」

確かに大事ではあるかもしれないが、今更その程度で動じる《覚醒者》はこの部屋にはいない。

「しかもいつもよりさらに特殊でして、従来よりもかなり規模が大きい。おかげで『崩壊指数』が跳ね上がっています」

そう言われたので、スマホを取り出し覚醒者専用アプリＣａｉｎ(カイン)を起動してみる。

確認すると、確かにトップページに表示されている数字は『５６・２１３％』と、先日よりも急激に跳ね上がっていた。

『崩壊指数』とは、森浜市の裏側に存在する空間《虚無》の中で、現状発生している《偽世界》の比率を表した数字である。

端的に言えば、この数字が100％になると《虚無》という容器は満タンとなり破裂。その中身すべてが現実世界に溢れ出てきて、この世界が終わる。

だから、この数字を100％にさせないことが、カリバーンの支援を受けて活動する《覚醒者》たちの責務というわけだ。

森浜市では常に幾つかの偽世界事件が発生している為、この『崩壊指数』は常に変動し、数％の振れ幅で上がったり下がったりを繰り返している。

《偽世界》が発生すれば上がるし、消滅させれば下がる。だからこそ期限内に消滅させることができなければ、数字を下げることができなくなる。

長年続くそんな法則の中での、この数値の変化だ。

確かに普通ではない規模の《偽世界》が発生したということなのだろう。

「そんな《偽世界》が発生した原因について、何か分かっているんですか？」

空海の質問に、郁人が頷く。

「どうやら1つの《偽世界》に4人の被害者が囚われた可能性があります」

先ほどから動じていなかった歴戦クランマスターたちも、さすがにこれには反応する。

焔も思わずニヤリと笑う。

「へぇ、面白いじゃねぇか」

1つの《偽世界》は、現実世界から誘い込まれた1人の被害者を人柱に生み出される。

だからこそ、その被害者を現実世界に連れ戻すことができれば、《偽世界》は消滅する。

それが基本ルール。

だが今回は、そのルールを大きく逸脱している。

そもそも従来通りではない偽世界事件を特殊偽世界事件として扱っているが、ここまでのイレギュラーは焔にしても初のこと。

こういった特殊偽世界事件も年々増えている傾向にあり、これからも増えるであろうことは容易に予想できる。

「規模を考えても、今回はそれなりの数の《覚醒者》の皆さんに参加してもらう必要があります。そこで本題です。この特殊偽世界事件を解決するために、カリバーンは複数クランによる『合同作戦』を提案致します」

郁人の言葉に、皆が反応を見せる中、いち早く噛みついたのは焔だった。

「合同にする理由は?」

「一番は先ほど話した通り参加人員の確保です。現在発生している偽世界事件はこれだけではないですし、別の偽世界事件が発生する可能性も同じくあります。それぞれがナワバリを持つ中で、1つのクランに全てを任せるには、十分に手が回らない可能性がある」

「それだけじゃないんだろ?」

住ノ江郁人の人となりを知るからこそ、焔は「隠し事をするな」と睨みを利かせる。

「もちろんです」

――そしてカリバーンエージェント住ノ江郁人は、この場に集まったクランマスターたちに幾つかの理由を語り、最後にこう締め括った。

「全ては、この先の為です」

今ではなく、未来のため。

森浜市において、15年も発生し続ける偽世界事件。

連綿と続く流れの中にあって、先を見据えての理由。

それを語ったのが、かつて今の自分たちと同じように《偽世界》に渡り戦っていた元覚醒者だからこそ、その理由には重みがあった。

《覚醒者》は、一定の年齢を越えた辺りから《偽世界》へ渡る力を失いはじめる。

秘密結社カリバーンを立ち上げ、こうしてエージェントとして活躍しているのは、ここにいる郁人を始めとした元覚醒者たちである。

第三世代と呼ばれ今現在現場で活躍する《覚醒者》たちが、十分なバックアップを得て偽世界事件に邁進できるのは、結局のところ、そんな元覚醒者たちによって構築されたシステムとサポートがあるからだ。

そういった歴史の流れがあるからこそ、焔以外の3人の反応は好意的だった。

郁人の意見を素直に受け入れる姿勢になっている。

「いかがですか、焔さん」

「面倒だ」

だから焔はそう返した。

しかしそんな自分の反応すら、予想済みだったのだろう。

「そう言うと思いました。ですから各クランから1チームずつの参加枠のうち、『B・E』から参加してもらうチームについては僕の方で指名させていただきます」

「どこだ？」

「チームAshでお願いします」

だろうな、と思った。

今回カリバーンが複数クランによる合同作戦を提唱する上で当然の選択だ。

チラリと見れば、佐神も空海もどこかホッとした表情をしている。

理由は単純明快。

他クランの《覚醒者》たちにとって、チームAshリーダー灰空瑠宇は、『B．E．』所属の中では数少ない話の通じる人間だからだ。

灰空が覚醒者界隈でそれなりに顔を知られているのは、『B．E．』のケツモチとして面倒事を押し付けられてきたからというのもある。

　だがそれだけでなく、何かにつけて他クランと関わる場面が多く、さらには灰空自身が焔の目の届かないところでコソコソと何かやっているからだ。

　そういった積み重ねが、灰空への信頼に繋がっている。

　だから他のクランから根本的に嫌われている『B．E．』に所属していてなお、例外的な信頼を獲得しているのだ。

　つまりそれが、この非日常における灰空瑠宇という配役の役割なのだろう。

　──では、自分の役割は何か？

「気に入らないな」

　焔は率直にそう答えた。

　あらかじめ仕組まれているような気持ち悪さ。思惑通りに動かざるをえないような嫌な流れ。誰かの手の上で踊らされているような不快感。

　全ては誰かの予定調和。

　焔はこの感じが、たまらなく嫌いだ。

　だから言い出しっぺの大人にこう文句を付ける。

「そもそも『B．E．』がこの話に乗るメリットがない」

　噛みつき、茶々を入れて、それを否定する。

「ではどうしたら『B．E．』は参加してもらえますか？」

「条件が2つある。1つは報酬だ。合同作戦における報酬は、成功報酬の等分配ではなく成果報酬にしろ」

「つまり皆で分かち合うのではなく早い者勝ちにしろ、ということですか？」

「言い方に品がない。『結果を出せばそれに見合った報酬を、そうでなければ報酬はナシ』。そう普通のことを言っているだけだ」

「2つ目はなんでしょう？」

「ウチのクランからもう1チーム出させてもらう」

合同作戦の前提を覆す提案に、他の面々が反応する中、焔は悪びれた様子もなく続ける。

「カリバーンが参加チームを指定するのは勝手だが、それはそちらの都合であって、こちらの意に沿うものではない。なら『B．E．』の代表として私が指定するチームも出してもらうのは当然の話だ。安心しろ、ちゃんとそっちの基準に沿ったチームを選ぶ。なんなら今宣言してやる、チームKITE（カイト）だ」

「なるほど、管野（かんの）くんたちですか。人選としては問題ありませんが……『B．E．』から2チームですか。要は『B．E．』を有利にしろと？」

「結果的にそうなるだけだ。私から言わせれば、それで初めて平等だ。もし嫌ならチームAsh（アッシュ）の指名をやめればいい。ちなみに私は絶対に選ばない」

椅子に寄りかかり足を組む焔を前に、「やれやれ、困りましたね」と苦笑する郁人（いくと）に対し、焔はこう締めくくった。

「これ以上ごねるなら、『B．E．』は今回の合同作戦に参加しない。それだけの話だ」

郁人は少し考え、意見を述べる。

「人員確保の観点から『B．E．』の不参加は勘弁していただきたい。そうなると焔さんの条件を飲むしかないのですが……他のクランの皆さんはどうでしょうか？」

これに対して佐神だけでなく、空海も面白い表情はしない。

当然である。だからこのままこの話がとん挫しても焔的には一向に構わない。

「別にいいんじゃないか」

会議室の悪い雰囲気の中、そう口にしたのは、焔の隣に座る安悟だった。

「今回の合同作戦で誰が得をして誰が損をするなんてことは、些細なことだ。クランは違えど俺たちが《覚醒者》であるのなら、やらなきゃいけないことは変わらない。他の偽世界事件に対応しつつ、目の前の特殊偽世界事件を片付ける。違うか？」

安悟の話に、空海が表情を緩め、頷く。

「確かに志波さんの言う通りだ」

「それに今の『B．E．』がふざけた茶々を入れてくるのはいつものことだろ？」

これには佐神が楽しそうに笑う。

「志波さんがそれを言うと単なる皮肉にしか聞こえないっすよ」

その通り、皮肉だろう。現に焔は、隣に座るこの男を鈍器か何かを使って全力でぶっ叩きたいと思っている。

兎にも角にも、そんな安悟の話で、2人のクランマスターはあっさり折れた。

「『蒼森風夜』のメンバーから文句が出ると思いますが、僕が説得します」

「『フラフニ』も問題ないっす。今回はやっぱり座組に意味があると思うんで」

そんな風に話がまとまる様子を前にして、焔はどんどん冷めた気持ちになる。

馬鹿らしいと、心の底から思ってしまう。

「では当初予定を修正して、このまま詰めていきたいと思います」

郁人がそう話をまとめようとしたので、最後にこれだけは言っておく。

「あと言っておくが、私は参加しない。そういうのはお前たちで勝手にやってろ」

それだけ告げて、焔は席を立つ。

これ以上、この茶番に付き合うつもりはない。

「焔さん、後で資料送るので、灰空くんと管野くんに渡してくださいね」

返事はしない。ただ思うのは『これでいい』ということ。

これが自分の配役であり役割であると、焔は思っている。

「焔（ほむら）」

　廊下でエレベーターを待っていると、安悟（あんご）が追いかけてきた。

「この後、食事でもどうだ？」

「行くわけないだろ」

　そう一言吐き捨て、やってきたエレベーターに乗り込むと、こちらをジッと見てくる安悟に気付いた。

「なんだよ？」

「何か悩んでいるんじゃないか？」

　そう言われたから嗤（わら）ってやる。

「もしそうだとしても、テメェには関係ない」

『B．E．（バタフライエフェクト）』の2代目クランマスター真鏡（まかがみ）焔は、『B．E．』初代クランマスターだった男に向かって吐き捨てた。

　苦笑する安悟は何かを言おうとしたが、エレベーターの扉は2人の前で閉まってしまった。

「……いい演出だな」

　1人自虐的な笑みを浮かべる焔は、動き出したエレベーターから見える外の景色に目を向ける。

——焔は最近よく考えることがある。
いつという明確なタイミングは分からない。
だが近い将来、自分は《覚醒者》ではなくなる。
自分は今の自分ではなくなるのだ。
残り時間は少ない。この非日常における自身のエンディングはまもなく訪れる。
だからこそ、退屈に感じる日常を生きる焔は思う。
考えるべきは、《覚醒者》でなくなった未来のことか？
それとも、《覚醒者》として今、何を残すのかということか？

3. 放課後の情報交換

『というわけで、灰空（はいぞら）。郁人（いくと）からのご指名だ』
放課後、学校に残っていた俺は、人気のない教室で焔さんからの電話を受けていた。
中央区にて発生した大規模な特殊偽世界（ぎせかい）事件。
これに対し、カリバーンは複数クランによる合同作戦を決定。

先ほど打ち合わせがあり、焔さんが吹っ掛ける形で『B・E・』から2チーム参加することを押し通したらしい。

「それで、もう1チームが管野たちチームKITEですか」

よりによって昨日、頭から水をぶっかけた奴と組めと言われるとか、タイ・・・・・ミング・・・・・・が良すぎるだろう。おかしいな、俺ってそんなに日頃の行い悪かったっけ？

「今回の合同作戦って、何か意図があったりするんですか？」

カリバーンの言い分は分かるが、クランという垣根を越えて、ここまで大規模にすることについて、何かしらの意図を感じずにはいられない。

『さあな』

電話の向こうから聞こえてくるのは、興味のなさそうな声。

これがもし面と向かってのやり取りであれば、盗み見れることがあっただろうが、電話越しではそれも叶わない。

「『B.E.』のクランマスターとしての指令はあったりします？　正直、管野と揉めたばかりなんで、ない方がいいんですけど」

『何やったんだ？』

「昨日、カノープスで頭から水をぶっかけました」

素直にそう言ったら、電話の向こうから焔さんの爆笑が聞こえてきた。

『別に連携して『B．E．』で報酬を総取りしてこいなんて言う気もない。いつも通り、お前たちの好きにやればいい』

「そこまで結果に頓着がないなら、なんで今回の「合同作戦」の座組に対して、喧嘩を吹っ掛けるようなことをしたんですか？」

そんな疑問に対する焔さんの回答はシンプルだった。

『それが、私の仕切る『B．E．』の役割だからだ』

何かしらの意図を含んだ言い回し。そこには焔さんなりの思惑があるのかもしれない。

だが深く聞くつもりはない。

「分かりました」

俺は俺で、自分のやることをするだけだ。

『合同作戦は明日からだ。資料を送るから、チームメンバーにも回しておけ』

そう言って電話を切られた。

というわけで、送られてくる資料を待つ間、飲み物でも買おうと廊下に出た。

そして自販機に向かう途中、廊下の向こうから見知った顔が歩いてくるのが見えた。

相手もこちらに気付いたらしい。

だから、掛けている伊達眼鏡を「くいっ」と上げる。すると向こうも掛けている眼鏡を「くいっ」と上げた。

優成高校3年・尾崎庵。

日常において、俺たちは同じ学校に通っているが面識のない先輩と後輩。

だが非日常では、知らぬ仲ではない。

尾崎先輩もまた《覚醒者》であるからだ。

所属するのは南区をナワバリとするクラン『フラフニ』。尾崎先輩は、そこでクランマスターである佐神さんの右腕・参謀役として活躍されている。

俺たちは示し合わせたかのように、いつもの場所へと移動する。肩を並べて歩くわけでもなく、それこそ、たまたま同じ方へと歩いていく3年生と2年生といった感じで。

『B・E・』と『フラフニ』のトップ2人は、昔から反りが合わないらしく衝突することが多い。だからといって所属する俺たちもそれに付き合う謂れはない。

そんなわけで、尾崎先輩とはよく学校でちょっとした世間話をしたりする。

やってきたのは、人気のない校舎の隅にある自動販売機前。

飲み物を買って、それとなく並んで言葉を交わす。

「尾崎先輩。合同作戦の話、聞きました？」

「さっき佐神さんから連絡が。真鏡さんもまた随分と派手にやらかしたみたいですね」

「ほんと、困った人ですよね」と苦笑しながら、缶コーヒーを傾ける。

「聞いていると思いますけど、『B．E．』からは俺たちチームAsh(アッシュ)とチームKITE(カイト)が出ることになっています」

「こっちはまだ検討中です。どうやらカリバーンから妙な注文があるようなので」

「妙な注文、ですか？」

「この後、アジトで佐神さんから詳しく聞くことになっていますが、どうやらカリバーンとしては、古参チームは除外してなるべく新しいチームに参加してほしいみたいです」

「なんでまた？」

尾崎先輩が眼鏡を上げる。

「考えられる理由として、各クランのナワバリで発生する偽世界(ぎせかい)事件に対処できるようにメイン戦力は温存。余剰戦力でいいから回してほしい、ということですかね」

「分からなくもないですけど、予測不能の特殊偽世界事件が相手なんですから、逆に精鋭を揃(そろ)えてさっさと潰すという選択肢もあると思いますし、そっちの方が確実だと思いますけどね」

「僕も灰空(はいぞら)くんと同意見です。つまり何かあるんでしょうね」

チラリと盗み見るが、尾崎先輩が何かを隠している様子はない。俺同様、まだ情報が揃っていないのだろう。

「そういえば尾崎先輩。昨日のカノープスの一件聞いてます？」

「？　何かありましたか？」

ついでということで、昨日あった須賀くんと管野たちのイザコザについて話しておく。

「灰空くんには迷惑かけたみたいですね」

「大したことはしてません。ただ、そういうことがあったんで、もし『フラフニ』から参加させるチーム候補に須賀くんたちが入っているなら今回は外した方が無難かなと」

「確かに。ただでさえ読めない特殊偽世界事件と合同作戦。揉め事の種は避けるべきですね」

尾崎先輩は手に持っていた紙パックの豆乳を一気に飲み干すと、それをゴミ箱に捨てる。

それで俺と尾崎先輩の世間話は終わりである。

「有意義な話ができました。ではまた」

水面下で情報交換。すり合わせできる話はしておくべきだ。

俺と尾崎先輩は、クランの垣根を越えて、こうした情報交換を時折している。

相手の役立ちそうな情報を伝え、報告できることは伝える。もちろん、逆も然り。

ただ善意で提供し合っている、というわけでもない。

自身がそうすることによって、相手から思わぬ情報を得られる時がある。

そういった打算があるからこその情報提供であり、相手もまたそうであることを、俺た

ちは互いに理解しあっている。

だからこそ、尾崎先輩からの情報は信用できると思っている。

まあ俺が他人の心を盗み見れるというのは、もちろん内緒なわけだが。

そんな尾崎先輩と別れたところで、焔さんから資料が送られてきたことに気が付いた。

今回の特殊偽世界事件が発生したのは、中央区にある大手の学生塾。

被害者についても、この塾に通っている中学生４人であると目星もついているらしい。

経緯も簡単に載っていた。

週明けの昨日、学生塾の自習室を使いたいと４人の生徒が鍵を借りに来た。塾講師が鍵を渡し、使用後には返しに来るように伝えたのが、４人が目撃された最後だったらしい。

その日の夜遅く「娘が家に帰って来ない」と保護者から警察に通報があり、いつも通り警察からカリバーンに連絡が回ってきたらしい。

先んじて警察が確認したところ、自習室の鍵は返却されておらず、鍵が開いたままの自習室はもぬけの殻。

だがその後、自習室の中を覗き込んだカリバーンエージェントの目には、空間にできたひび割れがしっかりと映ったそうだ。

それはつまり、この場所で誰かが現実の裏側にある《虚無》へと誘い込まれ、《偽獣》たちによって《偽世界》を生み出す人柱にされた、ことを意味している。

だが同時に、違和感が生まれたそうだ。

状況的にいなくなった被害者は4人ということになる。であれば、『穴』は4つなければ辻褄が合わない。

そこでエージェントは、伝手のあるベテラン《覚醒者》にコンタクトを取り、《偽世界》の様子の確認だけをしてもらった。

そしてすぐに戻ってきた《覚醒者》の報告により、その『穴』の向こうにこれまでにない広大な《偽世界》が発生していることが確認されたらしい。

「そこから推測を立てた上で今回の合同作戦を立案したってわけか」

被害者と思しき4人の女子生徒の写真も載っている。

監視カメラの映像を切り取ったもので、名前や身元が分かるようなことは書かれていない。単に「この4人を連れ帰るのが今回のミッションである」という分かりやすい指標のつもりなのだろう。

「……」

顔写真を見終わったところで、手にした缶コーヒーの残りを飲み干しゴミ箱に放り捨てると、右手を首元に伸ばす。

そしてトントントンと叩きながら、しばし考えた後、Ｃａｉｎのチャットを通してチームＡｓｈのメンバーに、これらの資料を送る。

その上で、合同作戦参加の為に明日の放課後集合する場所と時間を伝えた。

合わせて2点、書いておく。

まず雉子に対しては、当然ながら「先に偽世界に入るのは禁止」と伝えておく。言わなくてもやらないと思いたいが、「言われなかったからやった」があるのが、あの天才アホな子である。

そして真白には「遅刻しそうなら、明日は来なくていい」と伝えた。多くの人間が参加する合同作戦において、「真白が到着するまで待ってください」とは口が裂けても言うつもりがないからだ。

一通りのことを済ませると学校を後にする。

夕方過ぎの時間とはいえ、季節柄まだ明るい中を歩きながら学校の最寄り駅へ。

そのままコインロッカーが並ぶ通路に立ち寄り、いつものロッカーを開ける。

今回は空の弁当箱があるだけ、どうやら今日ははずれだったらしい。

「さてと、この後どうするかな?」

そんなことを考えながら、改札に向かうと、見知った顔がそこにいた。

狛芽献。

同じ学校の制服を着た彼女の前を素通りし、改札を通って駅の中へと向かう。

献はそのまま俺の後ろをついてくる。

そして駅のホーム、他の学生がいないのを確認し、声を掛けてきた。

「瑠宇クン、ご飯食べにいきませんか？」

珍しい申し出。それ以前に、献から話しかけてきた。

別に怒る気もないし、文句を言うつもりもない。それに献が何を考えているか盗み見ようとするつもりもない。

そんなことをしなくたって献のことは分かっている。

だから一言、こう告げた。

「じゃあ久しぶりにあそこに行くか」

それだけで、伝わったのだろう。

チラリとそちらを見たら、献が嬉しそうに微笑んでいた。

「素敵な食事になりそうです」

「単なるファミレスだぞ」

「見なくてもメニュー全部暗記してますしね」

なにせ1年近く、ほぼ毎日通っていたのだから。

「瑠宇クン、久しぶりに手を繋ぎたいです」

そう言われたので答えた。

「もうダメだ」

「残念です」

それでも献は、どこか懐かしそうに笑っていた。

狛芽献の過去回想3　『いつものファミレス』

小学生の頃、街で見かける中学生たちが羨ましかった。

きっとあの人たちはみんな大人で、何でもできるのだろうと思っていたから。

でも実際に自分が中学生になって分かったことがあった。

結局、中学生もまだまだ子供で、やれることなんてたかがしれている。

——それでも、やれることをやるしかなかった。


中学3年になってから、献は2人で勉強しかしていなかった。

放課後になると、2人は別々に教室を後にし、中学から離れた場所にある図書館へと向かった。そこで閉館時間までひたすら勉強した。

そして図書館の閉館時間になると、今度は行きつけのファミレスに向かい、そこでひたすら勉強する。それが2人のお決まりの行動パターンだった。

なぜ勉強をするのか？

それが自分たちの置かれた最悪な今を脱却するために、唯一できることだったからだ。

選択肢を増やし、最適の環境を手に入れる。

その為には証明するしかない。

世間や大人に対して、自分が他の子供よりも有能であり、将来的な可能性があることを。

それをテストの点数という、評価する側にとって分かりやすい数字を出して選ばれる。

今はそれしかない。

だから献と灰空はひたすら勉強していた。文字通り、命がけで。

ファミレスのいつもの席に座り、ドリンクバーと軽食を頼み、あとはひたすら参考書を見ながらノートにペンを走らせる。

2人が最低条件として唯一狙っているのは、森浜市内における最難関の進学校。

献たちと同じクラスの人間で、ここを受けようとしている人間は1人もいない。

ここに落ちたら、意味はない。

献はその覚悟だし、灰空に至っては「できなければ1、2年で死ぬ」とまで言っている。

「優成高校。入れると思いますか？」

「狛芽さんは大丈夫そうだけど。俺はとにかく頑張らないとマズいから」

参考書を捲りながら、灰空は言う。

結局、灰空が学校に復学できたのは中学2年の学年末テスト前。

当然ながら、テストは全て赤点。高校受験が控える3年生が始まる前に、大きなハンデを背負っていた。

それでも灰空は、この圧倒的な後れを挽回し、他を追い抜くつもりでいる。

そんな窮地にあるはずなのに、献の前で灰空はいつも冷静だった。

「考えようによっては、よかったかもしれない。ここまで置き去りにされているんだから、普通のやり方じゃ無理だって割り切れる。必然的に効率的な方法を考えるしかない。そういう取り組みを前提に考えると、自身がすべき勉強も違って見えてくる」

妙に大人びているというか、発想が前向きなのだ。

「なんだか灰空くんは、人生2回目に見えます」

まるでこの先の未来が見えているようだ。それくらい妙に展望と段取りがしっかりできているように思えるのだ。

献が素直にそう言ったら笑われた。

「狛芽さんって、面白いこと言うよね」

「すみません、変なこと言って」

思わず恥ずかしくて俯きそうになったが、灰空は肯定してくれた。

「俺はいいと思うけど。変わってることに出会えることはいいことだ。だってそれって自分じゃ思いつかないことだから」

それこそ変わった発想だなと思った。でも同時に、いい考え方だなと思った。

だからそれを伝えると、灰空は少し困ったような表情を浮かべ、どこか懐かしそうに寂しく笑った。

「口癖だったんだ、父さんと母さんの」

それは本当の両親のことなのだろう。

灰空が前に話してくれたことがあった。

小学生の頃、大病を患った母親とその肩を抱いた父親と3人で家族会議をしたことを。

そこで両親が言ったそうだ。辛(つら)いけど、最後は笑ってお別れしたいと。

親としてではなく、同じ1人の人間として、自分たちの気持ちを彼に伝えてくれたそうだ。

だから彼も、その気持ちに応えたいと本気で思えたらしい。

そんな風に心の底から分かり合おうとできることは、とても素敵なことだと献は思った。

自分の父親のことがあるからこそ、献は灰空の両親に素直に憧れた。

そういう経験が彼の根本にあるのだろう。献の知らない価値観や考えを灰空は持っている。

それは灰空にとってかけがえのない思い出。

——だからこそ、許せないのだろう。

そう考える献のことを、灰空がジッと見てくる。

「狛芽さん、なんだかエモいことを考えてない？」

「やや合っています。灰空くんの本当のご家族は素敵だなと思っていました」

「なるほどね」

灰空は献の回答を聞き、カバンから取り出したメモ帳に何かを書き留めている。

それは、辛うじて生き残った彼に残った異常を上手く使いこなすための練習。

灰空は献が何を考えているか当てにくるし、献は包み隠さず答え合わせをする。

きっとこれは武器になるから。

そう口にし、自分だけが見える情報の精度を上げ続ける灰空を見て、献は改めて思ってしまう。

「やっぱり不思議です。灰空くんがそんなしっかりした計画を持っていることが」

「別に難しいことじゃない。考える時間がたっぷりあれば、誰でも思いつけるよ」

灰空の物言いに、「そんな時間いつあったのだろう？」と思ったが口にしなかった。

でも献をジッと見ていた灰空は、献が頭の中に思い描いた質問に対して的確に答えた。

「病院のベッドの上で半年以上もあったから」

彼は日常の中にいて、献もまた変わらず日常の中にいる。

中学2年から3年でのクラス替えはなく、クラスメイトは変わらず、担任教師も同じ。

だから当然、献に対してのイジメ問題も残ったまま。

でも彼が復学したことで、少し状況は変わっていた。

そういう場面になりかけると、彼が上手くフォローしてくれるからだ。

もちろん、堂々と庇いだてすることもなければ、加害者たちに正面切って反論することもない。

さりげなく、ほんのちょっと水を差すだけ。

だがそれでいい。むしろ今はそうでなくてはならない。

目立ってはいけない。中途半端に問題を大きくしてはいけない。今はまだ準備をする期間なのだから。

献と彼がこうして毎日一緒に勉強していることを周囲に悟らせるつもりもない。

だから学校の同じクラスにいてもボロが出ないように、教室でやり取りすることは基本ないし、接触も会話も必要最低限に留めている。

これまでのまま、何をしてもいいと思われている学級委員と長期休学の末に戻ってきた近寄りがたいクラスメイト。

もちろん完全に隠し通せると思ってはいないし、思ってもいけない。いつかバレる覚悟はしておかなければならない。だがそれまでは極力隠し通し、下準備を進めていく。

それが2人の計画だ。

献の日常は基本何も変わらない。最悪なままだ。

でも1人じゃなくなったことで、全てがまったく違って見えるし、まったく違って感じられるようになった。

「失礼します。学生のお客様はそろそろ退店いただく時間になります」

ファミレスに学生がいられる時間は決まっているので、見知った店員が声を掛けてきたら勉強道具をさっさと片して、さっさと退散する。

もはや毎日のルーティンだ。

そうして暗い夜道の中、彼は献を家まで送ってくれる。

「狛芽さんのおかげでだいぶ助かっているよ」

「そんな。私も、助けてもらっていますから」

別に感謝されることじゃない。自分たちは2人で這い上がると決めたのだから。

それでも彼がそう言葉を口にしてくれる度に、献は嬉しさを感じていた。

——あの日、廃病院の塔屋から飛び降りた後。

彼が自分に言った言葉を、献は今でも鮮明に覚えている。

その誓いを胸に、献は彼と戦う決意をした。

「あの、灰空くん。その……今日も手を繋いでくれますか？」

献は彼にそうお願いする。

すると彼は少し恥ずかしそうに手を差し出し、献はそれを握る。

その手の感触が、自分が孤独じゃないことを教えてくれる。

そして、相手のことを決して独りにしない、という胸の思いを相手に伝えられる方法だと思っていた。


春が過ぎて、夏となり、秋になって、やがて冬が訪れた。

その間に色々とあった。

夏休みには、勉強合宿をして一緒に花火をした。

優成高校の文化祭を一緒に回り、彼氏彼女と間違われた。

そんなこともあったせいか、いつの間にか互いを名前で呼び合うようになっていた。

あの日から1年が経った冬の日、２人で再び廃病院を訪れたが、すでにそこには何もなくなっていた。

そしてクリスマスのその日、それまで撮り溜めていたイジメ映像を全て公開し、献を取り巻いていたわだかまりを全て破壊した。

彼と過ごしたその1年間が、今まで生きてきた中で一番充実した時間だったと思っている。

受験直前まで問題は起こり続けたが、それでも献は彼と一緒に優成高校を受験した。

そして見事合格を果たした。

献は飛び跳ねて喜び、彼も嬉しそうに微笑んでくれた。

新天地となる最難関高校には過去のわだかまりを持ち込める人間はいない。

ただ1人、彼だけがいてくれる。

全てが成った。

献の戦いはようやく終わったのだ。

——たぶんこの時、この瞬間だけ『幸せ』というものを実感できていたに違いない。

だがその時の感覚をもう思い出すことはできない。

「献、俺たちが一緒にいる意味はもうない。だから高校からは他人として距離を取ろう」

幸せを実感したはずの狛芽献は、直後、灰空瑠宇に捨てられた。

４．顔合わせ

　翌日の放課後、集合した俺たちチームＡｓｈ(アッシュ)の４人は、中央区にある今回の特殊偽世界(ぎせかい)事件の現場となった塾が入っている商業ビルを見上げていた。

「それじゃ行きますか」

　４人揃(そろ)って正面の自動ドアから建物の中へと入る。

　件(くだん)の塾は中高生向けに教えている大手塾で、この商業ビルの７階から９階までの３フロアを使っているらしい。

　エレベーターに乗り込みながら他の３人に目を向ける。

　珍しく遅刻せずにやってきた真白(ましら)は、特に変わらず。献もいつも通りニコニコしている。

　そんな中、１人だけいつにも増して緊張した表情をしているのが雉子(きぎす)である。

「優良希(ゆらぎ)さん、大丈夫ですか？」

「！　は、はい、大丈夫です！　バッチリです、献先輩！」

　本人はそう言っているが、帽子とマスク越しでも分かるくらいガチガチになっている。

　それはこれから大人数が集まる場所に行かなければならない人見知り特有の緊張、だけではないというのは盗み見れている。

「今回の合同作戦、無理に参加しなくてもいいぞ」

だからそう言うも、雉子は「ぶんぶん」と頭を横に振る。

「だ、大丈夫だから。ちゃんとやれるから」

おっかなびっくりしながらも、雉子は参加する強い意志を向けてくる。

ならこれ以上は何も言うつもりはない。

エレベーターを降りたのは7階。このフロアに塾の入口や受付、事務所などがあり、上階にある塾内の教室フロアへは階段を使って移動するらしい。

塾の入口はすぐに見つかった。しかし……

「薄暗いな」

放課後のこの時間、学習塾は絶賛営業中の時間であるはずだが、ガラス張りの扉の向こうに見える受付には明かりがついていない。

「どうやらお休みみたいですね」

献が指差すドアに貼ってあった張り紙には『1週間休校』のお知らせが書かれている。

なるほどな。

事情を察した俺は、そのまま扉に手を伸ばす。

案の定、鍵はかかっておらず、なんなく中に入ることができた。

「か、勝手に入って大丈夫なの？」

ビビる雉子に「問題ない」と俺は頷く。

「この休校はおそらく、今回の合同作戦に合わせて、カリバーンが手を回したものだ」

現場が塾の敷地内。しかも今回は合同作戦ということで、かなりの《覚醒者》が何度も出入りすることになる。もちろん部外者のそんな行動は不自然であり、非常に目立つ。

だから特殊偽世界事件が解決するまでの間、現場がある塾に一般人が出入りできないよう、裏から手を回して封鎖することにしたのだろう。

実際にどういう手段を取っているかは知らないが、この秘密結社は、偽世界事件絡みにおいては、こういう強硬手段を平気で実行するし、実際にそれができてしまう。

「そういうことです」

俺の言葉を肯定する聞き覚えがある声が聞こえてきた。

そちらに目を向けると、薄暗い廊下の向こうから何か白いモノがぬるりと現れた。

暗闇から這い出てきたのは地獄のピエロ……ではなく、カリバーンのエージェントである郁人さんだった。

奇妙な化粧に、奇抜なスーツが際立つまさにホラー映画な登場に、雉子が「ふぎゃ」と変な声で鳴いただけでなく、真白もまた「ひぃ」と変な声を漏らした。ちなみに献は変わらずニコニコして驚いた様子はない。

「待ってましたよ、チームＡｓｈの皆さん」

女性陣の反応に満足している変態ピエロ。そんな郁人さんに尋ねる。

「他のクランの人たちはもう集まっているんですか？」

「『蒼森風夜』の面々、それと管野くんたちチームＫＩＴＥはもう来ています。灰空くんたちは３番手です」

『蒼森風夜』という名前に、雉子がビクリと反応する。

「件の自習室は上になりますので、そのまま進んでください。僕も用事を済ませたら、すぐに合流しますので」

そうして郁人さんと別れ廊下を進み、所々にいたカリバーンのスタッフと思しき人たちの誘導に従い、階段を上がり上のフロアへ向かう。

件の自習室は、９階にある廊下に並ぶ扉の中にあった。

「なるほど。こいつは随分とご立派な『穴』だな」

扉を開けると、すぐにそれが目に飛び込んできた。

部屋の中央にデカデカとある空間のひび割れ。どうやらこれが件の被害者４人を飲みこんだ『綻び』であるようだ。

そのまま自習室を見回す。

普段は机などが並んでいるのであろうが、今は全て片してあり、かなり広々とした空間になっている。

自習室の隅っこにたむろしている柄の悪い連中は、先日、水をぶっかけた管野たちで、こちらをちらりと見ながら仲間と何か喋っている。

必要以上に関わらない方がいいと思い、管野たちを避けるように『穴』を迂回する形で、部屋の中を進んでいく。

「優良希！」

突然、女性の声がしたのはその時だった。

そしてこちらに向かって走ってきた誰かは、俺を押しのけ、後ろにいた雉子に抱き着いた。

いきなりの強烈なハグに目を白黒する雉子。

「会いたかった、優良希」

「も、もしかして真智さんですか？」

離れた女性は、雉子に向かって嬉しそうに微笑む。

「覚えていてくれたのね」

「そんな！ 忘れるわけありません！」

彼女には見覚えがあった。

登張真智さん。『蒼森風夜』の《覚醒者》でチーム蒼のメンバーだ。

どうやら2人は顔見知りであるようだ。

雉子は《覚醒者》になってすぐ『蒼森風夜』で新人研修を受け、そのまま一時、『蒼森風夜』に所属していた過去がある。

親しげにしているところを見ると、雉子は登張さんに世話になっていたようだ。それこそ最初の師匠役は彼女であったのかもしれない。

『蒼森風夜』は5つの公式クランの1つであり、森浜市東区をナワバリとしている。

現在、現場で活躍している《覚醒者》たちは第三世代と言われ、今でこそルールに基づき活動しているが、その黎明期は、増え始めた《覚醒者》同士によるイザコザが頻発していた。

この問題に対処すべく、カリバーンが公式クラン構想を発表。

すぐに候補に挙がったのが、当時すでにクランとしての体裁を取りつつあった『B・E』『終極』『フラフニ』。そこに割って入る形で名乗りを上げたのが『蒼森風夜』だった。

彼らはそれまで、バラバラに活動していた4つのチームだったが、公式クランという恩恵を手にするために団結したのが始まりで、そのクラン名は当時の4チームのリーダーの名前を1文字ずつ取ったのだそうだ。

そんな中、クランの代表であるクランマスターとして選ばれたのが、空海蒼。

正義のクランと称される『蒼森風夜』の顔であり、登張さんの所属チーム蒼のチームリーダーでもある。

さて今なぜそんなことを考えているかといえば、当の本人が目の前にいるからだ。

「久しぶりだね、灰空くん」

「どうもです、空海さん」

中性的な顔立ち。魅力的な笑顔。自信に満ち溢れた姿からは陽のオーラ的なモノをヒシヒシと感じる。何より、その穢れなき眼と言わんばかりのまっすぐな瞳で見つめられると、その辺の嘘吐き野郎は、妙な後ろめたさに襲われ、なんだか溶けて消えたくなる心境になる。

純度100％の善人。時代が時代なら聖人認定されそうな人物、それが空海蒼である。

「まさか空海さんも合同作戦に参加されるんですか？」

事前に仕入れた情報とはズレる人選だと思っていると、空海さんは少し困った表情を浮かべた。

「うーん、ちょっと違う、かな？　僕は別件でね。今回参加するのは、真智と彼らなんだ」

空海さんが紹介するように手を差し出した方にいたのは、初めて見る面々が3人。おそらく『蒼森風夜』の新人メンバーだと思われる。

どうやらその4人が『蒼森風夜』代表として合同作戦に参加するチームであるらしい。

そして思った。やっぱり空海さんは嘘が吐けない性格だなと。

『ちょっと違う』『僕は別件』。

それだけで今回の合同作戦において、空海さんにも何かしらの役割があるというのが分かってしまった。

空海さんとそんなやり取りをしている間も、背後の方では雉子と登張さんの話が続いている。

「心配したのよ！　優良希が『B・E・』でヒドイ扱いを受けていると聞いて！」

「？　えっと、なんのことですか？」

「優良希が悪い男に騙されて、借金を背負わされ、不当な扱いを受けているってもっぱらの噂よ！」

勝手に耳に入ってくる話を聞きながら、「なんだっけ、それ？」と思って思い出した。

確か雉子をウチで預かることになった時、対外的にそういう噂を流したことに。

どうやら雉子も思い出したらしく、その視線が自然と俺に向けられる。

それにつられるように登張さんが俺を見た。

もちろんそれは、恋する乙女の瞳でもなければ友好的でもない、敵意に満ちたものだった。

「やっと会えたわね、灰空瑠宇。アンタが全ての元凶なんだって？」

まるで親の仇のように俺を睨みつけながら、文句を続ける。

「本当ならすぐにでも優良希を助けたかった。でも蒼さんに『別のクランの問題に口を出すのはルール違反だから』と止められ我慢していた」

あー、久我さんがそういう風に話してくれたって以前、言ってたっけ。

「でもこうして顔を合わせたからには、私はこれ以上この問題を放置するつもりはない」

そして登張さんは雉子に目を向ける。

「優良希。今からでも遅くないわ、私たちの下に帰ってきなさい」

「へっ⁉」

突然の申し出に、雉子が変な声を出した。

「安心して。何があっても私が優良希を守るから」

登張さんにそんなまっすぐな視線を向けられ、雉子が萎縮するように俯いてしまう。

「？　どうした、優良希？」

「あの……その……」

自分のやっていることが正しいと疑っていない登張さんと、登張さんが自分のためを思ってそう言ってくれていると理解しているからこそ何も言えない雉子。

あまりよくない傾向だ。

「えっと、いったん落ち着きましょう」

だから2人の間に割って入るようにして立つ。

登張さんはムッとし、雉子はまるで指定席のように俺の後ろに隠れる。

「灰空。さてはアンタ、優良希を逃がさないつもりね？」

「いや、そういう一方的な決めつけはよくないと……」

「優良希のためよ！　私は優良希のことを思ってやってるの！」

「でしょうね」

だから性質が悪いのだ。

そんな中、雉子は何を思ったか、俺に手を伸ばし、服の袖をギュッと掴んだ。

「ご、ごめんなさい、真智さん。私は戻れません。私……瑠宇じゃないとダメなんです！」

その場の空気が凍り付いた。

……ちょいちょい、雉子さん。おぬし何を言っているんだ？

その場を漂う空気の異質さに気付いたのだろう。そして自分がたった今言った台詞が、あらぬ誤解を招いたことを理解したのだろう。

雉子が「はわはわ」し始めた。

「……じゃなかった！　間違ってないけど！　言い間違えた！　……えっと、あっと、とにかく今のままでいいので、真智さんは嫌です！」

その言葉に「がーん」とショックを受ける、登張さん。

ちなみにそう言ってしまった雉子も「がーん」と同様にショックを受けている。

言い間違いと言葉足らずから強引に押し切ろうとして、盛大に誤解を招く発言をしたという以上に、相手の気持ちをすげなくあしらってしまったことに対してショックを受けているのだ。

ジッと雉子を盗み見れば、本当は雉子が何を言いたかったのかは、見て取れる。

——だが、その台詞を俺が代弁するつもりもない。

ちなみに余談だが、この状況を傍から見ていた真白と献は、面白い見世物が始まったと言わんばかりにずっとにまにましているだけでフォローに入ってくる気配はない。

「……灰空。優良希にいったい何をしたの？」

そして眼前の登張さんから、ドス黒い怒オーラが溢れ出す。

「いや何って……」

「アンタが変なことをしたのよ！　そうに違いない！」

「いや、違いないって……」

「きっとアレでしょ！　その……ちょ、ちょ、調教的なヤツ！」

このお姉さん、顔を真っ赤にしながら何を口走ってらっしゃるのだろう？

「そうでなければ説明がつかないもの！　優良希は真面目で努力家で、とても聞き分けの良い子だったのよ！　それがこんなことを言うなんて、きっとアンタが、『B・E・』に引っ張り込んで変なことを教え込んだからに決まっている！」

制服の袖がギュッとされたのを感じた。

登張さんの物言いは、偏見に満ちた、実に自分勝手な尺度での発言だ。

それでも人の袖を引っ張る人見知りは、自分の為に頑張ってくれようとしている目の前の相手に対して、いまだ思う気持ちを持っているのだ。

それを理解しないからこそ、こんな身勝手な物言いができる。

そう思った瞬間、右手を自分の首元に伸ばしながら、思わず言ってしまった。

「まあ少なくとも、登張さんよりかは雉子のことを理解しているつもりですけどね」

途端に、服を引っ張る力がさらに強くなる。

なんだ？　と思ってチラリと見れば、雉子が顔を真っ赤にして俯いている。

言われた登張さんも登張さんで、驚愕の表情を浮かべている。

しかも遠巻きにこちらを見ている真白と献が、さらににまにましている。

あっ、やっちまった。

そして理解する。その場の空気に当てられたのか感情的になって自分まで誤解を招く発言をしてしまったと。

「……いや別にあれですよ。雉子に手を出したとかそういうわけじゃ……」

「つまり、本気でなく遊びで手を出したというわけ」

うん、スゲェ過大解釈の決めつけ。

そして登張さんは右手を振り上げた。

「このクズ野郎！　女の敵！」

　思いっきり頬を引っ叩かれた。

「私は絶対に許さないんだから！」

　ひりひりする頬を撫でながら天を仰ぎ、ただ思う。

　うん、なにかな？　この状況？

　憤慨する登張さんが去る中、自習室の中が少し変わっていることに気が付いた。

　入口の所に新たな集団が現れている。

　そこにいたのはクラン『フラフニ』のメンバーだった。

　クランマスターである佐神さん。先日、学校で話をしたナンバー2の尾崎先輩。

　そしてそんな2人と一緒に入ってきたのは、まさかの須賀チームの面々だった。

　その中で、こちらを凝視し、驚いた表情を浮かべていたのは、以前カノープスでアドバイスをした彼である。

　どういう状況？　という顔をしていたので、俺が知りたいっすわと表情だけで返しておいた。

　まあそれはそれとして、『フラフニ』から参戦するのが須賀チームというのには驚いた。

　案の定というべきか、須賀くんは管野と睨み合っている。

　俺は俺で尾崎先輩に目を向ける。するとこちらの視線に気付いた尾崎先輩がため息交じりにチラリとだけ佐神さんを見た。

どうやらあえてこの人選にしたのは佐神さんの判断らしい。

なんにしてもこれは荒れそうである。

そうして参加チームが全員集まったところで、郁人さんが自習室へと入ってきた。

「どうも皆さん、こんにちは。まずこの度の合同作戦の為にお集まりいただき誠にありがとうございます」

その場に集まった《覚醒者》たちに自己紹介をし、次いで他のエージェントである辻斬さんと呱々乃さんも挨拶をしてから本題に入る。

「基本的な概要はすでに把握されてると思いますが、今回の特殊偽世界事件における被害者救出については、ここにお集まりの『蒼森風夜』のチーム蒼。『フラフニ』の須賀チーム。『B.E.』のチームKITE。同じく『B.E.』のチームAsh。以上4チームで対応していただきます。その上で、僕から2点注意事項を」

郁人さんが手の指を立てながら説明を続ける。

「1つ、今回発生した特殊偽世界調査のため、別動隊の『調査チーム』を派遣することになっています。同じように偽世界内に入ってもらいますが、役割が違うため、互いに干渉することはないとお思いください」

どうやら俺たち4チームの他にも、別チームが構成されるらしい。

「2つ、ご存知の方も多いと思いますが、今回のような中央区で発生した偽世界に、21時以降留まることは禁止です。この点だけ十分に注意してください」

その説明に納得していると、袖を「くいっ」と引っ張られる。

雉子が「どういうこと?」と目で訴えかけてきたので、小声で「後で教えるから」と伝える。

「僕からは以上です。それでは調査チームの方々は、打ち合わせのため、隣の部屋にお願いします」

郁人さんはそれだけ言い残すと、さっさと部屋を出て行ってしまう。

あっさりすぎる対応に戸惑う《覚醒者》たちもいる中、郁人さんについて部屋を出て行ったのは、『フラフニ』のクランマスターである佐神さんとナンバー2の尾崎先輩。そして『蒼森風夜』のクランマスターの空海さんだった。

どうやらあの3人が、郁人さんの言う調査チームの面子であるらしい。

かなり豪華な顔ぶれだ。

先ほど空海さんがどうにも濁した言い方をしていたのは、こういうことだったようだ。

「……」

そして自習室に取り残された合同作戦に参加する4チームだが、互いに、互いを警戒するように目線を向けるだけで誰も言葉を発しようとしない。

仕方ないので、前に出る。

「こうして睨み合っていても仕方ないし、まずは全員で偽世界に行ってみようぜ」

反対意見は出ず、皆、渋々といった感じで『穴』に向かって手を伸ばした。

——そして次の瞬間、俺たち4チームは《偽世界》の中に立っていた。

5. 探索開始　そして　いきなり問題発生

「今回はこんな感じか」

目の前に広がるのは、荒廃した街並み。

栄えた文明が崩れ始めた後の世界。そんな印象だ。

「確かに広いね」

隣に立つ雉子の言う通り、いつもの《偽世界》に比べてかなり遠くまで見渡せる。それは《偽世界》を囲う薄暗い帳までの距離がかなりあるからだ。

ざっと見た感じ、『穴』があるスタート地点となるこの場所は、ちょうど偽世界の中央付近。だからこそ、いつにも増して、この《偽世界》の広大さがよく分かった。

他の面子もチームごとに固まり、《偽世界》を見回しながら、思い思いに話している。

「よしそれじゃあ、ちょいチームリーダー集まってくれ」

そんな中、俺の呼びかけに応じるように、管野(かんの)、須賀(すが)くん、登張(とばり)さんが出てくる。

「まずは自己紹介でもして仲良く親睦を深めるって雰囲気でもないし、正直、さっさと探索を始めた方が建設的だと思っている。そこで揉(も)めないためにも、今日の担当エリアだけ決めて、各チームでそれぞれ探索を進めるってことでどうだろう？」

しゃがみこんだ俺はその辺に落ちている石に手を伸ばし、地面で十字の線を引いて、4つのエリアを提示して見せた。

「いいと思います」

返事をしてくれたのは須賀くん。登張さんと管野も特に反対意見は口にしない。

「正直まだ、この《偽世界》については何も分かっていない。だからまずは、いつも通り『繭』を探しつつ《偽世界》の把握に努める。今日はあくまで下調べ。それ以上はナシだ」

そう念を押しておく。

「アンタに仕切られるのは面白くないわね」

登張さんが睨んでくる。

「個人的な感情は抑えて、まずは俺たちがやるべきことをしましょうよ」

感情的にはともかく、その通りだと思ったらしく登張さんが渋々口を閉じる。

「ならそういうことで、ウチのチームはあっちを調べるんで」

そんな中、いち早くそう宣言したのは、不敵に笑う管野だった。管野は、俺たちにそれだけ告げると仲間を連れてさっさと行ってしまう。

この身勝手さに、須賀くんと登張さんの表情が不機嫌そうになった。

「登張さんと須賀くんはどこがいい？　ウチは余りでいいから」

極力揉め事が表面に出ないうちに、さっさとエリアを決めて探索に移行したかったので、2人の要望を聞く。

《偽世界》において正確な方角は分からないので仮となるが、北側が俺たちチームAsh、東側が登張さんたちチーム蒼、南側が須賀くんたち須賀チーム、そして西側が管野たちチームKITE。

奇しくも現実における各クランのナワバリを彷彿とさせる並びとなった。

「それじゃあ、さっそく調査を開始……」

そう声を掛けようとしたが、すでに登張さんも須賀くんも、仲間の下へ踵を返し、さっさと出発してしまっていた。

なんだかその場に取り残された形になった俺たちも、そのまま出発することにした。

「それにしても今回の合同作戦、さっそく雲行きが怪しいですね」

《偽装》を手に移動を開始してすぐ、献がそんな感想を漏らす。

「だな」

始まって早々、各チーム間の不協和音が凄い。

「改めて今回の合同作戦。瑠宇クンはどう見ますか？」

いつも通りといった感じの質問に、思っていることを口にする。

「気になることは幾つかある。例えば、参加チームの顔ぶれだな。新人寄りの《覚醒者》がとにかく多いことだ」

『蒼森風夜』は登張さんという中堅クラスのキャリアを持っている一方、他のメンツは新人ばかり。須賀くんたちもどちらかと言えば新人寄りだし、管野たちもそうだ。

ウチにしても似たようなことが言えるだろう。

実際、そういうオーダーらしきものがカリバーンからあったことは尾崎先輩とのやり取りで耳にしている。

「ですが、そうなるのは自然ではないでしょうか？　《覚醒者》が急速に増え始めたのはここ最近という話ですし」

献が言いたいことはなんとなく分かる。

《覚醒者》は、かつてに比べ圧倒的にその数が増えているらしい。

それこそ初期、第一世代と呼ばれる15年前に《覚醒者》となった人たち、次いで現在カリバーンエージェントとして活躍している第二世代の《覚醒者》たちと比較しても、第三世代と呼ばれる俺たちの世代は、すでに5倍近い数になっており、さらに増える傾向にある。

「今回みたいに《覚醒者》を集めれば、必然的に経験の浅い新人《覚醒者》が多くなるのは、確率的にも当然のこと。ただ一方で気になるのが、調査チームだ。こちらはクランマスタークラスたち、言うなれば《覚醒者》のトップ層だ。それが今回の合同作戦に合わせて、わざわざ出張ってきている」

これに口を挟んできたのは真白だった。

「この特殊偽世界はこれまでと違うんだろ？　なら住ノ江さんが言ったみたいに、別動隊がじっくり調べるという意味では理にかなっている思うけどな。実際、他との違いを見分けられるのは、経験の浅い新人じゃなくて実績を積んだベテラン勢だろ？」

「確かにそうだ」

「でも、それだけじゃないと思ってる、って顔しているな、瑠宇助」

俺の顔色を窺うように真白がニヤリと笑う。

「実際にそう思っている。だけど具体的には、まだ分からない」

そんな素直な意見を聞いて、雉子がポンと手を叩く。

「つまり、分から・な・いがあるっていうのが分かっているってことだね」

流石というかなんというか。一見アホなことを言っているようにしか聞こえないが、その実きっちりツボを押さえている。

雉子と出会ってから、アホと天才は紙一重という意味が分かり始めた気がしている。

「ところでさ、瑠宇。さっき住ノ江さんが言ってた『21時以降は留まっちゃいけない』理由ってなんなの？」

そういえば、後で説明するって伝えてたな。

「実は深夜帯になると、中央区の《偽世界》には、凶暴な《偽獣》の特殊個体が出るんだ」

「特殊個体……ってどんな？」

「端的に言えば、色んな《偽世界》を渡り歩く同一個体の《偽獣》だ」

「なに、その強キャラ感すごいヤッ！」

「実際にヤバいんだよ。雉子も知っての通り、《偽獣》は原則その《偽世界》に居座り、『繭』に入っている被害者を守るなど、特定の行動原理が見て取れる。だがその特殊個体は、他とは違う行動原理を持っているみたいで、《偽世界》を囲う帳をすり抜け、《虚無》の中を移動しながら、別の《偽世界》へと移動をしているようなんだ」

雉子は遠くに見える《偽世界》を囲む黒い壁に目を向けながら「あれ、すり抜けられるんだ」と呟く。

「それで？　瑠宇の言う、特殊個体の普通と違う行動原理ってなんなの？」

自分たちが作り出した《偽世界》の中核ともいえる『繭』の被害者を守らず、その特殊個体がしていることは何なのか？

「どうやらそいつは《覚醒者》を狩ることを目的としているらしい」

俺の話が一瞬、理解できなかったらしい。

「狩る……って？」

「そのままだ。目についた《覚醒者》に対して問答無用で襲いかかってくるんだと。しかも尋常じゃなく強いらしい」

「えっ！　ヤバいじゃん！　マズイじゃん！」

　実際にその通り、遭遇したらマジでヤバいらしい。

「とはいえ、その特殊個体の出現にはルールがあるからな。それを避けて行動すれば遭遇することはない」

「そうなんだ」とホッとした表情を浮かべる雉子（きぎす）に、そのルールについて教える。

「まず出現エリア。特殊個体の出現は中央区に発生した《偽世界（ぎせかい）》に限定され、他の地区では目撃されていない。そしてもう1つが出現時間だ。特殊個体が出現するのは21時から翌朝の日の出まで」

「だからその時間、中央区で発生した《偽世界》に入ったらダメなんだね。……というかさ相手が《偽獣（ぎじゅう）》なら、普通に討伐すればいいんじゃないの？」

「もっともな意見だな。だが実際の話、それは未（いま）だに叶（かな）っていないのが現状だ」

　当然、過去にそういう試みがあったらしいが、その全てが上手（うま）くいかなかったらしい。

　単純に強すぎて勝てないことがほとんどで、策を弄して追い詰めたとしても、帳（とばり）の向こうに隠れられてしまい追いかけることができなかったそうだ。

そうなったら《偽世界》を覆う帳の向こうに行けない《覚醒者》には手出しできない。

そんな話を聞いて、雉子が腕を組んで考える。

「《偽世界》を渡り歩く《偽獣》か。そういう存在がいると、やっぱり今、私たちがいるこの場所は、現実の裏側にある《虚無》という空間の中で、その中には他に幾つもの《偽世界》が点在しているってことが想像できるよね」

なんとも考察厨的な発言をする雉子の言いたいことは分からなくもない。

昔は、それこそ自分が立っている大地を平べったいと思っていた人たちばかりだったというのは安易に想像できる。

知識がなく、自分の目から見えるものだけで判断したらそう誤解するのは当然だ。

それは《虚無》と《偽世界》についても同じことが言えるのではないだろうか。

森浜市各地に発生する『穴』、その向こうには《偽世界》がある。

これだけであれば、それこそ『穴』の向こう側にあるのは様々な別の異世界であり、そこにワープしていると誤解してもしょうがない。

だが実際はそうではなく、全て森浜市の裏側にある《虚無》と呼ばれる一つの空間の中での出来事であり、《偽世界》はそこに生み出されている、という事実は、様々な情報から先達たちによって導き出されたモノである。

カリバーンによる説明の根拠。Cainのトップページにおいて、俺たちが《偽世界》を消滅させることで変動する『崩壊指数』。今話題としていた《偽獣》の特殊個体の動向についてもそうだ。

……とまあ、少し話が脱線してしまったが、合同作戦における概要と注意事項を踏まえたところで、一つ確認しなければならないことがあると思っている。

「雉子、お前目立ちたいか？」

「えっ、絶対にヤダですけど。当然ですけど。愚問ですけど」

食い気味に回答する人見知り。

「なら今回の合同作戦中において、一つ決め事をしたい。ある程度は問題ないが、派手で強力な魔法については俺の許可なく使用することを禁止する」

そんな俺の提案に察するところがあったのだろう。

「うん、別にいいけど」

雉子はあっさりと承諾した。

「瑠宇助。それは単純に雉子のためか？」

真白に睨まれたから、というわけではないが、自分の意見を答える。

「いいや、それだけじゃない。俺は今回の合同作戦、できれば他のチームと上手く協力して事を解決したいと考えている」

俺の意見を聞いて、献が何かを察したらしい。

「つまり瑠宇クンは、今回の合同作戦には、何かしらカリバーンの思惑があると見ていて、なるべくその考えに沿った行動がしたいと思っている、ということですね」

献の言葉に頷く俺を見て、真白が渋い表情を浮かべる。

「カリバーンにおべっかを使うってことか？」

「嫌な言い方するなよ。所詮俺たちは報酬を貰って動いている身の上だ。雇い主の意向にはできる限り沿っておきたい、それだけだ」

「だから合同作戦を無視して、ウチのチーム単独で全てを解決する、といった形にはしたくない、ということでしょうか？」

こちらの考えを見透かしたような献の質問に、再び頷く。

「イメージとしてはそんな感じだ。まあそもそも、今回は俺たち4人だけで解決に持っていくのは無理だと思っている。それでも雉子の魔法は間違いなく強カードで、その1枚で盤面をひっくり返すだけの威力がある。下手に使って、認知されると今回の合同作戦に確実に影響が出る。それこそ雉子の魔法を中心とした態勢を作り上げるとかな」

「そういうの絶対嫌です」

両腕をクロスし「×」アピールする人見知り魔法少女。

だろうな。だから確認しておきたかった。

今回の合同作戦。見方によっては自分のたちの実力を示すアピールチャンスである。

ただ、雉子がそんなことを望んでいるとは到底思えない。

そう思っていたが、雉子の口から出た理由は予想とは少し違うものだった。

「正直、真智さんたちに魔法が使えるようになったの、あまり知られたくないから」

なんとなく口を閉ざした俺たちの前で、雉子は続ける。

「ずっと止められていたんだ。『そういうできないことをしようとするのは止めて、ちゃんとできることをやろう』って。……ああでも！　別に嫌味で言われたんじゃないんだよ！　真智さんは本当に私のことを思って言ってくれたんだよ！」

『蒼森風夜』時代、登張さんは、雉子のために頑張っていて、それを雉子も感じていたのだろう。

「だからさ……その言いつけを守らなかったのをあまり知られたくないというか……」

「優良希さんは、登張さんのことが好きなんですね」

献がそう尋ねると、雉子は少しはにかむように微笑んだ。

「その……『蒼森風夜』の皆さんには、良くしてもらって……でも私、期待に応えられる自信がなくて辞めちゃって」

後悔と葛藤。あの時どうすればよかったのか？　その答えが分からない、そう思っている。

でも心の底で微(かす)かに思っていることがあるのも、感じていた。

本当は自慢したい。良くしてくれた人にできるようになったと言いたい。

それは否定した相手を見返すとか、そういう感情ではない。

それこそ小さい子供が好きなお姉さんに自慢するような。そんな裏表のない承認欲求。

そんな些細(ささい)な願望。

でも今の雉子には、それはできそうにない。

だから少ししんみりした空気を流すように、俺はくだらないことを口にする。

「まあ、1人で《偽世界(ぎせかい)》に潜り込んでコソコソ魔法の練習しているヤツには、正義のクランは荷が重かったってことだな」

冗談めかして言ってやると雉子がむくれる。

「あーそうですよ。私には荷が重かったですよ。そんな私にはちょっと緩い感じのあるチームAsh(アッシュ)がちょうどよかったですよーだ」

ぶー垂れているように言うが、そんな雉子の言葉を聞いて、献は嬉(うれ)しそうで、真白(ましら)も悪い気はしていない様子だ。

それは雉子が「ここが自分の居場所だ」と宣言しているようなものだったからだ。

「！！！！！！！！！！！！！！」

その時、偽世界を震わせる不快な音が鳴り響く。

《警戒音》。

これが鳴り響いたということは、どこかのチームが『繭』の一つを見つけて、被害者を引っ張り出したということだ。

「まったく、今日は調査って言っただろうが。というか気付けよ。今回の特殊偽世界事件、普通にやったんじゃ被害者を救出できないって」

6.『B.E.』の流儀

偽世界中に鳴り響く《警戒音》により、文字の通り目の色が変わった《偽獣》たちは、ある一方向に向かって殺到していく。

俺たちは建物の上を移動するようにして、その流れを追っていた。

「というかコレ、絶対にまずいよね」

どうやら雉子も気付いたようである。

ほどなくして鳴り響く銃声と偽獣たちが群がる場所が見えてきた。

案の定、忠告を無視して被害者救出を敢行したのは管野たち。

ビルの上で《偽獣》たちの猛攻を受け、その場に足止めされていた。

その様子を、少し離れた見晴らしの良い場所から見守る一団がある。

須賀くんたちと登張さんたちだ。

俺たちも合流するように建物の上を移動し、近くで足を止める。

するとこちらに気付いた登張さんが、俺たちを睨みつけてくる。

「ちょっと『B.E.』！　話が違うじゃない！」

そう言われても困ってしまう。

「俺に怒らないでくださいよ。勝手にやらかしたのは管野たちなんですから」

そう笑いながらも、被害者を抱え《偽獣》たちと戦う管野たちを見つつ伝える。

「それに今回は、あれじゃ上手くいきませんから」

他の面々が訝しむ中、すぐに俺の言葉は証明されることになった。

「……なんだかマズくないですか？」

どうやら須賀チームのメンバーである新人の彼も気付いたようだ。

周囲から集まってくる《偽獣》たちの数が尋常でないことに。

《警戒音》を聞きつけ集結してくる《偽獣》たちは尽きることがなく、辺り一面を埋め尽くしている。

この異常事態に管野たちもようやく気付いたらしく、何か叫んでいる。

「おい、管野！　これ、ヤバくないか！」

「どうなってやがる！　《偽獣》どもの数がいつもと全然違うぞ！」

　管野たちの慌てる様子を見て、思わずため息が出る。

「《偽世界》がデカいってことは、それだけ《偽獣》の数が多いってことだ。単純計算、いつもより4倍デカいなら、《警戒音》で殺到してくる偽獣の数も4倍、いやそれ以上。とてもじゃないが、いつもの調子で捌き切れる数じゃない」

　それこそ、俺が今回の特殊偽世界事件で懸念していた点であり、先ほど雉子が察したことだった。

「とにかく助けないと！」

　須賀チームの彼が飛び出そうとし、それにつられるように須賀くんたちも動こうとする。

「ああいい、助けなくていい。むしろ失敗してもらわないと困る」

　なので、そう告げる。

　俺の言葉の真意が分からず睨む人間がいる中で、管野たちに動きがあった。

「管野、こりゃ無理だ！」

「だな。おい、そいつ寄越せ」

　そして仲間が担いでいた被害者の女の子に手を伸ばした管野は、まるで物を扱うように片手で掴み上げる。

普通なら人間1人を片手で扱うなんてできないが、《偽装》により身体能力向上を得た《覚醒者》には造作もない。

——そしてその後、管野が何の躊躇もなく行った行動に、他の《覚醒者》たちが目を見開いた。

「そらよ、返してやるよ」

管野はビルの上から、自分たちを囲む《偽獣》たちの群れの中に被害者を放り投げた。

《偽獣》たちの目的は、あくまで『被害者の奪還』だ。その場に集まっていた全ての《偽獣》たちの目は、管野たちから外れ、落下してくる被害者に向けられる。

この凶行に、小さく悲鳴を上げる者もいる中で、須賀くんと仲間の彼が、そんな被害者を助けようと反射的に飛び出した。

だからこそ、俺は離れた場所にいる2人に手を伸ばす。

「はいダメ」

2人がその場に釘付けになったように動けなくなる。

一瞬何が起こったか分からない2人に、俺は言う。

「落ち着けって。大丈夫だから、心配ない」

「何を言って……」

そんな食って掛かってきそうな彼だったが、すぐに目の前の光景に目を奪われる。

放り捨てられた被害者は、《偽獣》たちによって優しく受け止められた。

そして尊い存在であるかのように掲げられた被害者に、その場に集まった《偽獣》たちが崇めるように膝を突く。そして《偽獣》の海にできた道を通って、被害者は恭しく抱えられるように運ばれていった。

この光景に、他の《覚醒者》は驚きを隠せない様子だった。

俺たち『B・E・』では当然の知識であり手段である。

だがやはりというべきか、他のクランでは被害者を囮にして逃げることは教えられていないらしい。

「《偽世界》に連れ去られた被害者は、この《偽世界》を構築するための要であり、《偽獣》たちに丁重に扱われる存在だ」

だからこそ、《偽獣》たちが被害者たちを傷つけることは、絶対にない。

「それより急いで逃げた方がいいな。こっちにも襲い掛かってくるぞ」

そう俺が告げるのと同時に、全ての《偽獣》たちが、一斉に俺たちに目を向ける。

被害者を奪還した《偽獣》たちの行動は決まっている。

侵入者である《覚醒者》の排除だ。

当然ながら、すでに管野たちは逃げている。

俺たちもまた一目散に逃げ出すと、管野たちの後を追うように、現実世界へと戻るしかなかった。

「あなたたち、いったい何を考えているの！」

登張さんが管野たちに向かって怒鳴り散らす。

なんとか全員無事に現実世界に帰還してすぐ、『穴』のある自習室で、登張さんが管野たちに食って掛かった。

「さっきの救助者の扱い！　人として到底許されるものではないわ！」

カリバーンエージェントやスタッフ、それに調査チームとして参加しているクランマスターたちも居合わせる中、登張さんの怒りは収まらない。

そんな登張さんを、管野が鼻で笑う。

「回収したフラッグをどう扱おうが俺たちの自由だろ？」

管野の物言いに登張の頰がひくつく。

「フラッグって、あの被害者の子のこと？」

「俺たちの任務は、化け物たちに囚われた被害者たちを連れ戻すことだ。扱いに関しちゃ特に注文は受けてない。こっちがピンチになったから囮として捨てる。——どうせ《偽獣》たちに回収されるだけで取って食われるわけじゃない。なんの問題もないだろ？」

「だからって！」

「ポンポン攫われるだけの無能な被害者たちと、それを唯一助けられる存在である《覚醒者》。重要で価値が高いのはどっちかなんて、考えるまでもないだろ」

自分たちは選ばれた存在であると言わんばかりの管野と仲間たちは、実にゲスな笑いを浮かべている。

そんなヘラヘラしている管野に、登張さんがさらに食って掛かりそうだったので、「まあまあ、落ち着いて」と仲裁に入る。

「今日は調査だけって話だったはずだが？」

俺がそう尋ねると、管野がくだらないとばかりに馬鹿にしたような笑みを浮かべる。

「なんでそんなの守らなきゃならないんすか？　この特殊偽世界事件。体裁としては4チーム合同作戦、なんて言っちゃいるが、報酬は各チームごと。助けた被害者の数に応じてスコアと報酬がもらえる、早い者勝ちレースですよ。だったら他を出し抜くのが当然でしょ」

そして周囲に向かって高らかに宣言する。

「それが俺たち『B・E・』がこの合同作戦に参加するにあたり、俺たちのボスである真鏡さんが大人たちに飲ませた条件だ！」

それを偉業かのように誇る管野は、俺に向かってこう続けた。

「『敵』を出し抜き、結果を出す。それが今回の合同作戦で俺たちがやるべきことですよ」

「その『敵』っていうのは、俺たちのことか？」

俺の問いかけに、管野がニヤリとだけ笑った。

挑発的な肯定だ。

「いい加減にして！」

叫んだのは登張さんだった。

「スコアやらレースやら！　これを遊びか何かと勘違いしてるの!?　偽世界事件は、私たち《覚醒者》しか対処できないことなのよ！　これは世界の脅威にも繋がっている！　私たちが戦わなきゃ、世界が大変なことになるのよ！　それをあなたたち『B・E』ときたら、金だ面子だ、信じられない！」

そして侮蔑の視線を、管野たちだけでなく俺にも向けてくる。

「同じ《覚醒者》として理解に苦しむ。むしろアンタたちの存在に吐き気がする。やっぱりアンタたちとは協力なんてできない！　私たちは私たちだけでやらせてもらうから！」

そう宣言すると、「行くわよ、皆」と仲間の新人を連れて自習室を出て行ってしまった。

去っていく『蒼森風夜』のチーム蒼に続き、管野たちも動く。

「じゃあ、そういうことで、灰空さん。お疲れっす」

不敵に笑う管野もまた、チームKITEの仲間たちと共に、自習室を出て行った。

残ったのは、俺たちチームAshと須賀チームだった。

「さてと、ちと困った状況になったが、須賀リーダーの意見はどうかな？」

この状況に対して須賀くんに意見を求める。

「……俺も早い者勝ちでいいと思います」

須賀くんの答えに、仲間たちは驚いた様子を浮かべ、新人の彼が「結城！」と怒鳴る。

「組む気がないヤツと話すだけ無駄だ。むしろ変に引っ掻き回される前に、俺たちでちゃんと被害者を助けるべきだ。俺の考えは間違っているか？」

須賀くんの一見合理的な考えに、新人の彼も「そう、かもしれないけど……」と言葉を詰まらせる。

彼は須賀くんの真意を測りかねているのだろう。

一方で俺は、そんな須賀くんの考えを盗み見ることができるので、「なるほど」と右手を自分の首に伸ばす。

「まっ、もっともらしい意見だ。だがその言葉には、心が籠ってないな」

自分の行動を正当化するための言葉であり、本心はまったく別のところにある。

そんなことは本人が一番理解している。だから須賀くんは拳を握り押し黙ると、部屋から出て行き、仲間たちもそれを追いかけるように自習室を去って行った。

「まさに不協和音。てんでバラバラ。これで合同作戦やるって言うんだから、笑えるよな」

真白がくだらなそうに鼻で笑う。

雉子は雉子で、登張さんの感情的な言葉に、どうしていいか分からずオロオロしている。

「どうしますか、瑠宇クン？」

そして、そう尋ねてくる献からは、何かを期待している様子が見て取れる。

どうやら、いつもみたいに綺麗に解決してくれると期待されているようだ。

「さて、どうしたもんかね」

そう呟きながらも気になることは別にあった。

それは周囲の反応だ。

たった今、合同作戦のメインである4チームの大喧嘩があったにも拘わらず、それを見ていた周囲の人間たちに慌てた様子が見受けられない。

この不協和音は、合同作戦にとって致命的な問題のはず。

にも拘わらず、カリバーンエージェントのみならず、他のクランマスターたちまでもが我関せずといった感じで、傍観する様子を見せている。

その様子は、何か思惑があることを如実に示しているようにも感じた。

――こうして不穏な空気で、今回の合同作戦は始まったのであった。

第三話

1. 神隠し

合同作戦は、いきなり参加チームがバラバラになるという先行き不安な展開。

この状況で俺たち4人だけが残っていても仕方ないと、今日は解散する流れとなった。

「帰る」

消化不良といった面持ちの真白が、1人タクシーに乗り込みアリバイ工作先に戻る中、残った2人が何やら話をしている。

「献先輩、どこかご飯食べにいきませんか?」

そんな雉子の誘いを受けた献がこちらを見る。

「瑠宇クンもどうですか?」

「ああ、今夜は先約があるからパス」

そう答えると「残念です」と献は素直に引き下がり、雉子と共に夜の街へと消えていった。

「さてと」

1人残った俺は、そのまま街中をしばらく歩き、適当に目に入ったコーヒーショップに入るとカウンターでホットコーヒーを注文。会計を済ませ、空いていた席に腰を下ろした。

ちなみに先約があるというのは嘘(うそ)である。

ちょっと1人で今回の特殊偽世界(ぎせかい)事件について考えてみたかったのだ。

ある日、突然《覚醒者》なんてものになってしまった俺たちは、多種多様な価値観や考えを持って、森浜(もりはま)市で絶えず発生し続ける偽世界事件にあたっている。

そういった価値観の線引きとしてあるのが、所属する覚醒者クランだ。

近しい考えを持つ者同士が自然と集まり、行動を共にするようになる。

逆もまた然(しか)り、価値観の違いにより、対立と衝突が起こる。

信じているモノが違うからこそ、相手を認められず相容(あいい)れることはない。

現在ある5つの公式クランのうち、この特色が顕著なのは、やはりウチの『B.E.(バタフライエフェクト)』と西区の『終極(ピリオド)』だろう。

『蒼森風夜(そうしんふうや)』、『フラフニ』、それに『Walhalla(ヴァルハラ)』は、偽世界事件および《偽世界戦争》に対して真摯であり、だからこそ歩調を合わせ他と協力する姿勢を持っている。

だが『B.E.』は、これをよしとしていない。自分たちのメリットを一番に考え行動している。成果主義と言えば聞こえはいいが、要は他人の都合などお構いなしに好き勝手にやっているだけだ。

『B.E.』所属の多くの《覚醒者》にとって、自分たちは選ばれたプレイヤーであり、偽世界事件はゲームイベントであり、被害者は報酬を手に入れるためのフラッグでしかない。

当然、その姿勢は他のクランから反感を買い、覚醒者界隈の嫌われ者となっている。

それでも一番結果を出しているクランが『B.E.』というのは、実に皮肉が効いている。

そんなクラン情勢の中で、カリバーンより提案された今回の合同作戦。

名目は今回の特殊偽世界事件に対応するにあたっての人材確保。

実際、参加チームが4チームというのは適切であると思っているし、その人員を1つのクランから捻出するは厳しい。現在、発生している偽世界事件はコレ1つではなく、各クランのナワバリでは同時並行で他の偽世界事件が発生しているからだ。

ガイダンスを聞く限り、仕掛けたのは郁人さんであると考えている。

であるならば、最初の見立てでは物事がスムーズに運ぶ手はずになっていたと思われる。

――しかし実際はそうなっていない。

理由は分かっている。間違いなく焔さんがゴネて出した提案だ。

報酬は共有分配ではなく早い者勝ち。さらに『B.E.』から2チーム参戦という有利な条件。

これにより合同作戦は、ややこしいことになっている。

引き算してみると分かりやすい。もし焔さんの提案がなかった場合、どうなっていたか？

理想のケースと今のケース、比較すると、その差は顕著に見えてくる。

結果的に、今回の合同作戦はかなり悪い立ち上がりとなってしまっている。

だがそうなった時に感じるのが、優先順位について、である。

実際の話、焔さんの要求を飲んだら今のような状況になることは、郁人さんも十分予想できたはずだ。

極論、『B．E．』が抜けた状態で合同作戦をやっても問題はなかっただろう。それどころか、もっとスムーズに話が進んでいたであろうことは、容易に想像できる。

つまり郁人さん的にはそのマイナスを飲んででも『B．E．』を参加させたかった理由があるのではないだろうか？

――だからこそ、推測している。

カリバーンが今回の特殊偽世界事件の解決にあたり、単純な被害者救出だけに限らず、何か別の目的を抱いていることを。

それは、今回の特殊偽世界事件に限ったミクロな話ではなく、もっと別の、それこそ広い視点をもったマクロな何かなのではないかと。

そんな風に思ってしまっている。

コーヒーを啜りながらため息を吐く。

そんなに悩むんだったら、いっそ郁人さんに連絡して答えを聞くのも一つの手である。

だが、もちろんそんなことはしない。

カンニングをして得られる評価などない。

俺のスタンスは変わらない。非日常において、自身の有用性を実証し続けるだけ。

だからこそ、日常における『可能性』が担保されているのだから。

「そろそろ帰るか」

そんな『可能性』の恩恵の一つを確認しにいく。

電車に乗り込み、学校最寄りの駅に寄って、いつものコインロッカーを開ける。

空の弁当箱以外はなく、どうやら今日もはず・れ・だったらしい。


自宅の前に到着して、いつも通りチャイムを鳴らす。

勢いよく扉から出てきた義母の有希が一瞬希望に縋るような表情を見せたが、帰ってきたのが俺だと気付き、一転して表情が暗くなる。

「おかえりなさい。瑠宇さん」

「まだ帰ってきませんか、双葉ちゃん」

その表情を見れば聞くまでもないことだ。

「あの子、どこにいるのかしら」

双葉が家出してすでに4日が経つ。有希の顔にかなりの疲れが見て取れる。おそらくあまり休めていないのだろう。娘を心配する母親の姿がそこにある。

——それを感じ取ったからこそ、玄関で靴を脱ぎながら、俺はこう口にした。


「もしかしたら、アレかもしれませんね。《神隠し》」


有希がピクリとする。

「なに、それ？」

「知りませんか？　巷で噂になっているヤツなんですけど？」

右手を首元に伸ばしながら、有希をジッと見る。

「……いいえ、初耳ね」

そう有希は嘘を吐いた。

「まあそのまんまなんですけど、なんでも最近の森浜市では、若い子がフッと消えるなんて現象が起こるらしいんですよ」

「悪い冗談だわ」

そう愛想笑いを浮かべる有希は、不謹慎なことを口にした俺に対して怒る様子もない。

混乱している。嘘を吐くことに意識が行きすぎていて、そこまで考えが至ってないのだ。

悪くない反応だ。

疲労と心労で頭が回っていない。慎重で注意深い標的が見せた隙。

ここは攻め時だ。

「瑠宇の話には幾つか足りてない情報があるわね」

だが2階の方から聞こえてきた声に、切り込もうという気持ちが一気に削がれる。

一華である。

「いなくなるけど、帰ってくる。——それが森浜市の《神隠し》。そしてそれは、若者たちが家出をする言い訳としてよく使われるチープな子供騙しでもある」

そう語りながら、ゆっくりと階段を下りてきた一華が、そのまま母親を優しく抱きしめる。

「瑠宇。不謹慎よ。あまりお母さんを怖がらせないでくれる?」

「すみません、そんなつもりはなかったんですけど」

長女に抱きしめられた義母は、平静さを取り戻していた。

内心で舌打ちする。

こういう場面は少なくない。

何か探りを入れようとして一華に介入される。

そうなるとまるでノイズに防がれるように情報を読み取れなくなる。

そして結局踏み込めなくなる。

――絶対にミスはできない。たった一度でも相手に悟られたら、それで終わりだからだ。

だからこれ以上、深入りするつもりはない。勝てる勝負以外を仕掛ける気はない。

有希に頭を下げ、俺はそそくさと自室へ退散した。

＊＊＊

「瑠宇クン、随分と踏み込みましたね」

ヘッドフォンから聞こえてくる盗聴された会話を聞きながら、献は呟く。

瑠宇の義家族は瑠宇が《覚醒者》であることはもちろん知らない。

非覚醒者の一般人であるのだから、『綻び』や《偽装》を感知も知覚もできない。

そんな義母に対して、瑠宇は探りを入れようとした。

やはり今回の特殊偽世界事件は攻め時だと感じているのだろう。

だが、そこで障害になるのが、一華の存在だ。

なぜなら一華には、瑠宇の『他人の心を盗み見る』という武器が通用しないからだ。

瑠宇がそういうことができるようになったのを献が知ったのは中学時代のことだ。

一緒の時間を過ごす中で、当時の瑠宇は献にだけそれを打ち明けてくれた。

薬物を盛られ死にかけた際の後遺症で、他人の感情を事細かく読み取れるようになったらしいのだ。

例えば相手の表情を目で見た時、不機嫌であれば怒っていると思うし、笑っていれば喜んでいるのが分かる。

瑠宇ができるようになったのは、それをより細分化したもの。本人すら気付いていない些細(ささい)な変化、ほんの微(かす)かな感情の揺らぎなどが感覚的に読み取れるようになったらしい。

だがそれは結局、相手の機微やリアクションから読み取れる情報量が多くなった、だけ。

つまり、それだけでは『他人の心を盗み見る』は成立しない。

瑠宇の他人の心を盗み見る能力は、単なるチート能力というわけではない。

その本質は、自身が背負った異常を巧みに利用し、使える技術として昇華させる瑠宇の洞察力と分析・推察力にある。

後遺症に気付いた瑠宇が、まず初めにしたことは解析とタグ付けだった。

突然見えるようになった莫大(ばくだい)な情報を、最初は理解できなかった瑠宇は、それを細かく調べていった。

相手から拾えるようになった情報が、いったい何を表しているのか？

そういった、自分にしか見えない感情の揺らぎの解析し、それがなんであるのかを理解することに努めた。

さらに拾える情報を増やすために、相手と言葉を交わす術も身につけた。

拾った情報を元に言葉で揺さぶりをかけていき、さらに拾える情報を増やし、精度を上げていく。

だからこそ、言葉を交わし、反応すればするだけ、相手は瑠宇の前で丸裸になっていく。

中学3年の時、瑠宇は受験勉強と並行して、この技術を独自に徹底的に研究し、自分のものにしていった。献のイジメ問題の証拠集めが捗ったのは、瑠宇のこの力のおかげであることは間違いない。

その甲斐もあって灰空瑠宇は、今では文字通り、他人の心を盗み見ることができる。

そんな瑠宇の能力が唯一効かない相手がいる。

それが一華である。

献は机の引き出しから資料を取り出す。

それは献が、興信所を使って調べた灰空一華に対する個人情報だった。

灰空一華。旧姓、明日宮一華。

明日宮有希の長女として17年前に誕生。ただ次女の双葉と違い、父親は分かっていない。

過去に目立った経歴もなく、あえて挙げるとすれば、現在は妃泉女学園に通い生徒会長を務めていることくらい。

「……やはり一華には何か、ある？」

そう妄想するだけならいくらでもできる。

だが確信を持てるような証拠を献は何一つ得られていない。

「やっぱりここまでか」

日常において単なる高校生でしかない献では、調べようにも限界がある。

だからこそ、瑠宇は、自分と距離を取ろうと思ったのだろうと分かっている。

瑠宇が何も教えてくれない理由も分かっている。

思い出すのは1年前のこと。高校に入ってすぐの頃だ。

瑠宇の決別の言葉が尾を引き、新しい高校生活で長く失意の中にいた献は、いつの間にか『なりたて』になっていた。

そして非日常に触れてしまった献は、エージェントに保護され、カリバーン本部に連れていかれた。

瑠宇と久しぶりに顔を合わせたのは、そんな時だった。

狛芽(こまめ)献の過去回想４　『新しい約束』

「献！」

部屋に飛び込んできた彼の姿に、献は驚いた。

「おや、灰空くん。随分と早かったですね」

《覚醒者》になった献は、カリバーンエージェントを名乗る女性に連れられ、カリバーンの本部ビルへと連れてこられた。

通された一室で待っていた奇妙な男・住ノ江郁人。

そこで椅子をすすめられた献は、住ノ江から《覚醒者》や《偽世界》などの非日常についての話を聞かされているところだった。

そんな中、彼は脇目もふらず一直線に献のところにやってきて、その両肩を掴んだ。

「大丈夫か⁉　この変なおっさんに何もされてないか⁉」

「随分とヒドイ言われようですね」

住ノ江さんは、気にした様子もなく楽しそうに笑っている。

献が「大丈夫です」と答えると、彼はほっとした様子を浮かべた。

だから嗤ってしまった。

「な、なんだよ」

「私のこと、前みたいに心配してくれるんですね」

「……しちゃ悪いか」

目を逸らす彼との間に流れる微妙な空気。そんな献たちの様子に、何かを察したのだろう。

「僕はちょっと席を外しますので、ごゆっくり。もし2時間くらい必要な場合は、スマホに連絡いれてくださいね」

品のない言葉を残し、住ノ江は控えていた女性エージェントを連れて部屋を出て行った。

2人きりになったところで、自分に触れている彼の手に目が行った。

かつてずっと自分の手を握ってくれていた、その手に。

「献？」

思わず、その手に触れようと伸ばしていた手を引っ込める。

「すみません、変なことをしようとして……」

許可なく触ろうとしたことを謝る自分がいる。本当であれば肩に置かれた手も振り払うべきなのだろうが、少しでも彼に触れていてほしくて、身動きしない自分がいる。

『俺たちが一緒にいる意味はもうない。だから高校からは他人として距離を取ろう』

あの日、自分が捨てられた日。

献は彼に向かって、「なぜ」と聞けなかった。

怖かったのだ。聞けば、理由が提示されれば、全てが本当に終わってしまう気がして。

どんな答えが返ってきたとしても。目の前の彼と一緒にいられない。想像したそんな日常が何よりも恐ろしくて。

結局、あの時、献は何も答えず。彼はそれ以上、何も言わずに去って行った。

それから献は彼に一切、話しかけることができなかった。

「ごめんなさい。私なんだか変で。でも……どうしても……」

彼の顔が見られない。口から言葉が出てこない。頭が上手く回らない。

分かっている。自覚もある。自分はおかしくなっていると。

全てが果たされ、高校にも合格し。献は幸せというものを感じていた。

——そんな献に彼は言った。

「もう一緒にいるのは止めよう」と言われた。「高校では他人同士だ」と言われた。

理由が分からなかった。でも彼の言葉に逆らうつもりにもなれなくて……。

「《覚醒者》になったんだな」

彼がポツリと口にした。

「はい」

「そうか」

「瑠宇クンはいつ、《覚醒者》になったんですか?」

「受験の数日前に俺、一度倒れたろ?」

「……もちろん覚えてます」

その日、受験前の最後の追い込みということで一緒に勉強する約束をしていた。

だが待ち合わせ場所である図書館前に現れた彼は、どうにも顔色が悪かった。心配する献の言葉に「大丈夫」と答える彼だったが、図書館に入ってすぐ、献の前で倒れたのだ。

血の気が引いたのを覚えている。

倒れた彼の顔色は、かつて廃病院で再会した時と酷似しているように見えたからだ。

慌てた献はすぐに救急車を呼び、彼は病院へと運ばれた。

結果的には大事には至らなかった。運ばれた病院で適切な処置を受けることができたらしく、なんとか持ち直したのだ。

「あの後からかな？　変なモノが見えるようになったのは。そして受験が終わった直後に、カリバーンに接触された」

そんな彼の言葉を聞き、献はゆっくりと口を開いた。

「私を避けるようになったのは《覚醒者》になったからですか？」

「……」

「……ちょっと違いますね。自分の計画から私を外したのは《覚醒者》になったからなんですね」

彼がピクリとなる。

「いつから他人の心が盗み見れるようになったんだ？」

「単にカマをかけただけです。瑠宇クン限定でしか自信はありません」

「なんでそんなの分かるんだよ？」

「ずっと見てきましたから。瑠宇クンだけを」

寂しい笑顔を向ける献から、彼は視線を逸らす。

「瑠宇クンが私を避けるようになって、私がどうしていたか知っていますか？」

「そりゃな。いつも逃げ回っていたわけだし」

献は彼のことをこっそりと付け回していた。そんな献に気付いていた彼は、何も言わずに献の追跡から逃れるように動き、最後にはいつも撒いていた。

「私、おかしいんです。あれからずっと寝られなくて、どうしていいか分からなくて、学校の授業もいつも上の空で」

今日もそんな感じだった。放課後になると何も考えず、まるでそうすることしかできないとばかりに学校を去る彼の後をこっそりと追いかけていた。

そしてすぐに彼に撒かれ、1人街中に取り残される。

そうなったら帰るしかない。虚無感と孤独を胸に、独りの家に戻るしかない。

変なモノが見えたのは、その時だった。
・・・
空間にできたひび割れ。

何かの冗談かと思った。その前でジッと立ち尽くしているとスーツを着た女性に声を掛けられたのだ。「これが見えるのか?」と。

「どうやら私も《覚醒者》になってしまったみたいです」

「みたいだな」

「そうしてさっき、住ノ江さんから話を聞いていて分かったことがあります」

そして献は彼に言った。

「瑠宇クンはスケジュールを前倒しにしたんですね」

彼が献に目を向ける。ジッと見てくる。

分かっている。他人の心を盗み見ようとしている時だ。

別に見られたっていい。隠すつもりはないからだ。

彼は重たい口を開いた。

「優成高校に合格して、とりあえず何もできない無力なガキから、何かできるかもしれないガキになった。ようやく手に入れた第一歩だ。これで将来、大人になったら全てを覆すチャンスを手にできるかもしれない。……でもそれは、結局のところ全て可能性の話で、そもそも目の前にある危険が消えていない」

彼は悔しそうに俯き、言葉を続ける。

「優成高校に入学したことで、多少なりとも世間の目が集まるようになれば、相手も下手に手を出し辛くなると思っていた。でも結局それも、こちらの希望的観測でしかない。俺はいつ殺されるか分からない。そしてどうやって殺されるかも分からない」

受験直前のあの日、倒れた理由を言っているのだろう。

「でも《覚醒者》になれば、それもどうにかできると感じたんですね」

彼は頷く。

「……ある人と、いい条件で取引ができた。そして将来その時を待つまでもなく、今からでも戦える可能性を見出した」

それはきっと彼にとって幸運だったはずだ。頑張る彼に対して神様が与えた可能性だったのかもしれない。

「なら私に、何かお手伝いできることはありませんか？」

そう感じ、自分が知らないところで彼が戦い続けていることを知ったから、献はそう口にした。

「……献」

「私も《覚醒者》になりました。きっと何か瑠宇クンの役に立つはずです」

ただ言ってほしかった。以前のように、力を貸してくれと、一緒にいてくれと。

だけど彼はこう言った。

「俺は求めていない」

分かっていた。彼がそう言うのは。

　そして今日悟った。

　彼は自分のことを思って、自分を捨てたのだと。

　──おそらく彼はカリバーンと接触したことにより、自分を取り巻く環境に何かを見たのだ。これまでは見えなかった、知らなかった何かに気付いてしまったのだ。

　だから自分をこれ以上、巻き込みたくないと、あのタイミングで自分と縁を切ろうとしたのだ。

　関係ない他人として、自分が何かに狙われないように。

　でも、そんなのは今更だ。

　献はもう、目の前の彼ナシでは生きられない。

「瑠宇クン、私のお願いを聞いてくれませんか？」

　気が付けば、献は彼に頭を下げて縋りついた。

「お願いします。瑠宇クンの傍にいさせてください。なんだってします。言いつけを守ります。瑠宇クンがいいと言うまで近づきません。何も聞きません。瑠宇クンが望まないことはしません。だからお願いです。一緒にいさせてください」

「献」

「お願いです。嘘でもいいから。瑠宇クンとの約束があれば、それだけで、それだけでいいから」

涙を流し、懇願する。

それしか、それしかできなかった。

結局、自分はかつてと変わらず、彼に救われる者でしかなかった。

そんな献を彼が優しく抱きしめてくれた。

「頼むからやめてくれ。そんなことを言わないでくれ。俺は献にそんなことをされたくない」

「なんで、ですか？」


——彼は私の耳元で一言だけ囁いた。


顔を上げた献の前で、彼は恥ずかしそうに目を逸らす。

「言うのはこれ一回だ。もう二度と言わないからな」

そして、かつてそうしてくれたように、私の涙を拭ってくれた。

ジッと見る。

彼は他人の心を盗み見ることができる。

献も同じだ。

彼の嘘が看破できる。

ずっと一緒にいたから。ずっと彼だけを見ていたから。

だから彼は、自分のことを本当にそう思ってくれているのだと理解できた。

だから献は、彼に向かってただ笑った。心のままに、ただただ素直に微笑(ほほえ)んだ。

そんな献の姿を見て、彼は言った。

「俺は《覚醒者》を特別だとは思っていない。ただ見えないものが見えるようになって、誰かの役に立つ『非日常』という側面が新たに加わっただけ。——それだけで、俺たちは『日常』では何も変わらない。俺たちは変わらず無力なガキのままだ」

彼は献のことをジッと見る。

「だから『日常』ではこれまでと変わらない。俺は俺の問題について献には何も教えない。これまでと同じ、俺と献は赤の他人同然だ」

「……はい」

「でも、だからこそ献がやりたいことに干渉しない。さっき自分が口にした約束、覚えているか？　俺が何か用事があるときは声を掛けるが、逆に献から俺に話しかけても俺は何も答えない」

「それで、構いません」

「だが非日常では別だ。《覚醒者》の仲間として俺の傍(そば)にいて手伝ってほしい」

それは献が求める言葉だった。

日常では叶わない願い、それを非日常に作ってくれた。

「はい、ぜひ手伝わせてください」

そんな微笑み頷く献を見て、彼は呆れた表情を浮かべた。

「あのな、俺は随分と身勝手で、なかなか最低なことを言ったんだ。だから、そんな嬉しそうな表情をしないでくれよ」

でも嬉しかったのだ。

彼の言葉が。新たな彼との約束が。彼の傍にいていい理由が。

だから気付いた。

かつて献は幸せというモノを感じた気がした。

でもそれは、自分を取り巻く問題がなくなり解放されたからではなかった。

自分にとっての幸せが何であるのか？

それはきっと、手にしなければ分からないのではなく、失わなければ分からないのだ。

自分にとっての幸せ、それはきっと彼の傍にいることだ。

彼が何を望み、彼がどこに向かっていたとしても、それは献には関係ない。

ただただ彼の傍にいられるならそれでいい。

それだけでいいのだ。

２．２日目に感じる回らぬ状況　と　３日目にこっそりとする探り入れ

——合同作戦２日目。

真白から「今日は行けない」と連絡があった放課後、俺は雉子と献と共に再び件の塾にやってきた。

初日の喧嘩別れもあり、どのチームも他と協力しようとする気配はない。

それぞれが独自に調査を進めるつもりらしく、合同作戦は完全に『協力』ではなく『競争』の様相になっている。それはまさに、焔さんが流し込んだ「早い者勝ち」という毒に侵され始めたかのようだった。

スマホを取り出しＣａｉｎを開き、《偽世界》への侵入申請を確認。

どうやら先に、管野たちチームＫＩＴＥと『フラフニ』の須賀チームが《偽世界》へと渡っているらしい。

だが、あちらへ行っているのは、その２チームだけでなく、どうやら調査チームもすでに入っているようだ。

ただそこに並ぶ名前は、昨日見た調査チームのメンバーのものではなかった。

「『Ｗａｌｈａｌｌａ』の志波さんと遊佐さんがいるな」

そんな俺の呟きに耳聡く反応した雉子が、俺の持つスマホを覗き込んできて、目を輝か

せた。

「ホントだ！　遊佐さんの名前がある！」

『Ｗａｌｈａｌｌａ』はカリバーン直轄クランであり、他の《覚醒者》たちとは違い、カリバーンから特殊な任務を受けているとされている。

そんな不鮮明な活動が多い『Ｗａｌｈａｌｌａ』だが、他の《覚醒者》たちが認知する特別な役割がある。

それは発生する偽世界事件における最終防衛ラインとしての役目だ。

森浜市において発生する《偽世界》は、発生から10日が経過することで入口となる『綻び』が閉じてしまい、《偽世界》に囚われた被害者を救出することが二度とできなくなる。

そうなれば《虚無》内に発生した《偽世界》を消滅させることは不可能になり、現実世界崩壊のカウントダウンでもある『崩壊指数』を下げ戻すことができなくなる。

最低数値の上昇。その最悪を回避すべく１つのルールが存在する。

それが「７日ルール」である。

偽世界発生から７日が過ぎた時点で、その偽世界事件は全て『Ｗａｌｈａｌｌａ』に引き継がれる。

理由は単純。『Ｗａｌｈａｌｌａ』の席に座る最強の４人によって、確実に偽世界事件が解決するからだ。

偽世界事件解決率100％の最強クラン、それが『Walhalla』であり、遊佐九音は、その第三席に座っている。

遊佐さんは、先日も俺たちが引き継ぐことになった別の特殊偽世界事件に介入し、その強さと存在感を遺憾なく発揮していた。

その記憶が新しい雉子にとって、遊佐さんは『単なる最強』としてカッコイイ認定している相手なのである。

だがそんな遊佐さん以上に、もう1人の名前の方が雉子は気になったらしい。

「ねぇ、瑠宇。もしかして、その志波さんって、この前、遊佐さんが言っていた『真鏡さんと昔もにょ・・・もにょ』してたっていう人だよね？」

もにょもにょ、て。どんなはぐらかしの仕方だよ。

「まあ、そうだな」

「どんな人？」

見たことのない人間に興味津々の人見知り。

「普通にかっこいい大人なお兄さんって感じだな。まあこの現場にいればそのうち会うだろうから、その時に教えるよ」

そう答えながらもなんとなく何かを想像している雉子をジッと見る。

「雉子お前、焔さんの隣に立つ男を想像しているだろ？」

「いや、だって。それしか情報ないから。ちなみにどんなタイプ？」

その質問に答えたのは献(こん)だった。

「性格的には瑠宇(るう)クンと同じタイプですかね」

それを聞いて雉子(きぎす)が渋い表情を浮かべる。

「……真鏡(まかがみ)さん。もしかして趣味悪い？」

失礼だな、おい。あと命知らずだな。

「お前、それ絶対に焔(ほむら)さん本人に言うなよ。冗談抜きで殺されるぞ」

「その志波(しば)さんも『Ｗａｌｈａｌｌａ(ヴァルハラ)』メンバーってことは、最強なんでしょ？」

「そうなるな」

『Ｗａｌｈａｌｌａ』は実績順に席が決まっているわけではなく、そこに優劣があるわけでもない。全員がそれぞれ最強であるのだ。

「どんな風に強いんだろ？　遊佐(ゆさ)さんとは違う感じなのかな？」

想像している姿はなんとも楽しそうである。

そんな会話をしているうちに、自習室に到着した。

相変わらず部屋の真ん中には、空間にできたひび割れが存在感をアピールしている。

さっさと俺たちチームＡｓｈ(アッシュ)３人の偽世界(ぎせかい)侵入申請を済ませ、スマホをしまう。

「さて俺たちも行くか」

自習室にある『穴』に手を伸ばすと――


――俺たち3人は《偽世界》の中にいた。

「瑠宇、今日はどうするの?」

「とりあえず《偽世界》の探索の続きだな」

というわけで昨日、4チームで取り決めた担当エリアである北側を探すことにする。

「なんで?」

「今回の特殊偽世界はいつも以上に広いからな。むやみやたらに探すよりはいい。それはたぶん他のチームも同じだと思ってな」

管野(かんの)たちが早々に見つけた『繭』から被害者を引っ張り出したおかげで、自分たちが探すはずだったエリアを碌(ろく)に探索できていない。

そういったやり残しを気持ち悪いと思う心理は誰にでもある。

少なくとも2日目の今日は、どのチームもその心理に従い行動すると考えている。

そう説明したら、献の隣に立つ雉子がジト目を向けてくる。

「なんかこじつけっぽい」

「こじつけだよ、実際」

改めて《偽世界(ぎせかい)》の様子を眺めながら、2人と共に探索を進めていく。

《偽世界》自体は荒廃した荒れ果てた世界といった様相で、時々見かける《偽獣(ぎじゅう)》たちについても、特別何かあるような気配も感じない。

今のところの感想は、『繭』が4つある普通よりデカい《偽世界》というだけ。

ただ、そのデカいというのが、昨日の被害者救出失敗を引き起こしたのは間違いない。

しばらくの探索の後、俺たちはビルの前にたむろしている《偽獣》の群れを発見した。

そこから少し離れた建物の上階へと移動。

適当な部屋の窓から向かいのビルに狙撃銃(スナイパーライフル)を構えてスコープを覗(のぞ)き込(こ)んだ献(こん)に、俺は尋ねる。

「どうだ?」

「……ありました。ビルの6階。東端の部屋です」

献の言葉に導かれるように視線を向けると、確かに窓の中に、白い塊のようなものが見える。どうやら、この《偽世界》にある4つの『繭』のうちの1つを発見できたようだ。

「なら俺たちのノルマは達成ってことで、とりあえず戻るとするか」

俺の言葉に、2人は文句を言わずに素直に従う。

被害者の救出について言及しないことに対しても、2人は特に何も言わなかった。

単純に状況が分かっているのだ、2人とも。

さて、他のチームは上手(うま)くやっているだろうか？

引き返す最中、そんなことを考えながら、今回の合同作戦に参加している他チームについて改めて思い返してみる。

まずは同じクランから参戦している、チームＫＩＴＥ(カイト)。

リーダーの管野(かんの)を含め、どいつもこいつも、まさに『Ｂ・Ｅ・(バタフライエフェクト)』の《覚醒者》といった連中。他を出し抜き、手柄を独り占めしたいという気概に駆られている。

それは当然、同じクランである俺たちチームＡｓｈ(アッシュ)にも向けられている。

先日、管野に水をぶっ掛けたこともあり、しっかりと目の敵にされている。

今後、何かしら交渉するにも骨が折れそうな相手である。

またどうやら管野は『フラフニ』所属の須賀(すが)くんと何か因縁があるようだ。同じ高校みたいだし、日常で何かあるのかもしれない。

続いてその須賀くんが率いる、『フラフニ』から参加している須賀チーム。

リーダーの須賀結城(ゆうき)は、真剣で努力家といった感じの好感が持てる《覚醒者》だ。

他のメンバーは可愛(かわい)い至上主義の風和羽凪(ふわはな)、頼れるお兄さん的存在の諏訪原陣(すわばらじん)さん。それとカノープスで話した新人の彼。

須賀くんは話せば分かる相手であり、正直交渉もしやすい相手だと思っていたのだが、昨日の様子からしても、今回は気持ちが前のめりになってしまっているようだ。

どうにも管野と張り合おうとしているように見受けられる。

何か、らしくないことをして大きな失敗をしなければいいが、と少し心配である。

そして最後に『蒼森風夜』から参戦しているチーム蒼。今回は特殊編成として、中堅どころの登張さんをリーダーに、新人3人とで構成されているようだ。

正直、ここが一番厄介である。

登張さんは、雉子のこともあり、問答無用でこちら（というか俺）を敵視しており、さらに初日の一件で、『B.E.』への不信感が最高潮に達している。

話を振ったところで取り付く島もなさそうだ。

何か手を考えなければならないだろう。

「あっ」

そんな登張さんたちと、《偽世界》から現実へ戻るための『穴』の前でばったり遭遇してしまった。

「優良希、今から戻るの？」

俺は眼中にないと無視しつつも、やはり雉子のことが気になるようで、登張さんは笑顔を向けて話しかける。

ただ心を盗み見れる俺からすると、どうにもその笑顔はぎこちない。

「あっ、えっと……はい。そうなんです」

雉子も雉子で、なんとか登張さんと話そうとしているのが見て取れる。だが登張さんと同じく、こちらも表情がぎこちない。

「そっか。私たちは今から出発するところなの」

「そうなんですね。……えっと、頑張ってください」

「……ええ、そうするわね」

どこか余所余所しい挨拶。それは昨日の「『蒼森風夜』に戻って来い」という申し出を素っ気なく断られたことが尾を引いているのだろう。

すれ違う形となった2人。だがその根幹にあるのは、互いが互いを思う気持ちだ。

登張さんは雉子に何かしてあげたい。雉子は雉子で登張さんに何かを伝えたい。

心を盗み見れる俺からすると、傍から見ていて、それがなんとももどかしいと感じた。

雉子はぺこりと頭を下げると、隣にいた献の手を引くようにして『穴』へ手を伸ばし、その姿を消してしまった。

そしてそれを見送った登張さんの視線が、1人取り残された俺に向けられる。

「ちっ」

思いっきり舌打ちした登張さんは、他の3人に合図を送り、東側へと出発していった。

「さて、俺も戻るか」

そう思ったところで誰かの視線を感じた。

そちらに目を向けると、離れた建物の屋上からこちらを見ている人物と目が合った。

志波安悟。

いつからそこにいたのか分からないが、志波さんは俺の視線に気付くとニヤリと笑い、右手を掲げ、指を曲げるようにして、こちらに示してくる。

手信号だ。スムーズな動きで幾つかのサインを送ってきたので、こちらもそれに返事をするように送り返す。

それで満足したらしい志波さんは、調査チームとしての仕事のためか、東側へ向かって行ってしまった。

志波さんの出発を見届けた俺は、『穴』に手を伸ばし、現実世界へと帰還。

そうして戻った自習室の中、スマホを取り出しCainで帰還の報告をする。

どうやら俺たちより先に入っていた須賀チームとチームKITEは戻ってきていないらしい。つまり俺たちチームAsh以外の3チームと調査チームの面々が、今現在《偽世界》の中にいるということになる。

となると、今のうちに……。

そう、右手を自分の首横に伸ばしたところで、誰かに見られていることに気が付いた。

先に戻って廊下の自販機で買ってきたのだろう。ジュースのパックにストローをさして飲んでいる雉子がこちらを見ていた。

その隣には自分のジュースと俺の缶コーヒーを持った献もいた。

「なんだよ？」

「それで？　瑠宇は何をするつもり？」

まるで俺の行動を見透かしたような雉子の質問に、なんとも言えない気持ちになる。

献は献で、俺のそんなリアクションを見てクスクスと楽しそうに笑っている。

まあ、否定してもしょうがないので、献から缶コーヒーを受け取り、「ついてこい」と自習室を後にする。

そして廊下を出たところで、たまたまそこにいたカリバーンエージェントに声を掛ける。

「辻斬さん、いいですか？」

「どうした、灰空？」

「塾ならホワイトボードがあると思うんですけど、自習室に持ち込んで使ってもいいですかね？」

それで辻斬さんは何かを察したらしく、「すぐに準備しよう」と言ってくれた。

そこで、俺が何をしようとしているのか献も雉子も気付いたらしい。

ほどなくして自習室に運び込まれたキャスター付きのホワイトボード。

そしてさっそくペンを手に書き込んでいくと、誰かが自習室に入ってきた。

「それって、《偽世界》の地図？」

やってきて声を掛けてきたのは、『フラフニ』のクランマスターである佐神さんだった。

「ええ。他のチームと情報共有できる掲示板になればと思って」

そんな俺のアイデアを聞いて、佐神さんが軽快な笑顔で背中を叩いてきた。

「いいね！　流石は灰空、頼りになるぜ！　その調子であいつらにも手を貸してやってくれよな！」

あいつらというのは当然、須賀くんたちのことだろう。

「佐神さんはこれから《偽世界》に入るんですか？」

「ああ、調査チームの仕事でな。じゃあ、そういうことで」

目の前の空間のひび割れに手を伸ばした佐神さんの姿は、パッと消えてなくなった。

これで向こうにいるのは、メインで活動する3チームと調査チームの3人か。

「ねえ、瑠宇。これなんでも書き込んでいいんだよね？」

佐神さんがいなくなった途端、普通に話しかけてくる雉子の質問に俺は頷く。

「ああ、そのつもりだ」

「そのさ……『繭』の場所を書き込むのってアリかな？」

雉子をジッと見れば、何を考えているか分かる。

「その心は？」

でもあえて、そう尋ねる。

「今回の『繭』っていつもと違って4つあるし、《偽世界》の規模を考えてもそれぞれ分散されてそうだなって思うから、どこに『繭』があるか共有できれば、他のチームの役に立つんじゃないかって……」

口ではうまく伝えられない、それでもかつてお世話になった人に何かしたい、そんな雛子の思いを感じることができた。

「なら書いておけ」

そうペンを差し出すと、雛子は嬉しそうに書き込み始める。

ちなみに最初からその予定だった、というのは内緒にするつもりだ。

雛子は少し丸みのある女の子らしい文字で「この辺りに『繭』アリ」と書き込んだ。

――合同作戦3日目。

チームの面々には、今日は休みだとＣａｉｎのチャットで伝えた。

真白からはいつものように「暴れたい」と愚痴のような書き込みがあったが、それ以外、特に反論もない。

残り日数やホワイトボードに書き込んだ『繭』が横取りされることへの心配や不満など

の愚痴も一切なかった。

結局、３人とも理解しているのだ。

今が膠着状態であることを。

そうして放課後、俺は１人で件の塾へとやってきた。

塾の中を進み、すれ違ったカリバーンのスタッフに会釈しながら自習室を覗き込む。

例のホワイトボードに目を向けるが変化はない。……いや、よく見ると、誰かが何かを書き込んだが、すぐに消したような痕跡があった。

スマホを取り出し、Ｃａｉｎを開き、偽世界侵入申請を確認する。

現在、この《偽世界》に入っているのは、須賀チームとチームＫＩＴＥ。他に調査チームとして空海さんと志波さんが入っているようだった。

メインで活動する２チームと調査チームの２人か。

そのまま俺も《偽世界》に入るべく、『穴』に手を伸ばす……なんてことはせず、そのまま自習室を出て、隣の部屋を覗き込む。

そこには、並ぶ机の中、１人だけ椅子に座りスマホを弄っている遊佐さんの姿があった。

どうやらこの空き教室は、調査チームの待機部屋として使われているらしい。

遊佐さんはスマホの画面を見ながら、テーブルにあるクッキーの箱に手を伸ばしている。

そんな部屋に勝手に入り、そのまま遊佐さんの隣の椅子に腰を下ろす。

もちろん、遊佐さんは俺のことに気付いたようだが、特に気にした様子もない。

「遊佐さんが、ウチのチームの担当なんですか？」

そう尋ねると、遊佐さんはスマホから顔を上げることなく、手にしたクッキーを頬張る。

「別に決まってない。その日、来られる人間が見るだけだから」

「焔さんは来てないみたいですけど？」

「あれ、郁人さんから聞いてない？　本人直々に『私は参加しない』って宣言したって」

「へぇ、そうなんですか」

そこで気付いたらしい遊佐さんが、顔を上げてこちらを見た。

「……もしかして瑠宇ちん。実は何も知らなくて、今、私にカマ掛けたりしていない？」

「さてどうでしょう？」

とぼけたら、むくれた顔の遊佐さんに頬っぺたをつねられた。

「忘れなさい。私が言ったことを全て忘れなさい」

「忘れました、忘れましたから、痛いですって」

降参ポーズを必死にアピールすることでなんとか解放される。

「まったく油断も隙も無い男だ、瑠宇ちんは。これはアレだね。また今後、私たちの手伝いをしてもらわないとダメだね」

「ご用命があれば手伝いますよ。いつも通り、久我さんを通してもらえれば」

すると面倒くさそうにため息を吐く。

「なんでわざわざ久我ちんを通すのかな？　普通にCainのチャットか何かでやり取りすれば楽なのに」

「そういう証拠を残さないためでしょうね、きっと」

俺がそう答えると「分かってるもん。でも面倒なの」と不機嫌そうにクッキーを頬張る。

「そういえばさ。瑠宇ちんは、この後どうするの？」

「？　普通にどっかで飯食って帰りますけど？」

「そういう話じゃなくて、ちょっと未来の話」

遊佐さんは再びスマホを弄り出しながら、こう言った。

「もうすぐ『Walhalla』の席が1つ空く。そうしたら瑠宇ちんはそこに座るの？」

すぐに言葉が出てこなかった。図星を指されたからではない。

「俺が座れると思います？」

「いや、無理でしょ。だって瑠宇ちん、《偽獣》相手だと雑魚だから」

——当たり前に不可能だからだ。

「だからこそ、分からないんだよね。瑠宇ちんがなんであんな《偽装》にしたのか？」

片手をひらひらさせるのは、俺の《偽装》である黒い手袋を示しているらしい。

「瑠宇ちんはさ、私と違って頭もいいしとっても器用だから、志波さんたちみたいに《偽装》をデザインすることができたんでしょ？　それこそ弟子の真白ちゃんみたいに」

　俺は答えない。

「瑠宇ちゃんは何を見ていて、その《偽装》にしたのか、ずっと気になってるんだよね」

「分かりそうですか？」

「うーん、なんとなく？　だから安心もしている。瑠宇ちゃんはやっぱりこっち側の人間で私たちの仲間だなって」

　それは線引きの話だ。多くの人間が関わる中で引かれる「そうか」「そうではないか」を分ける境界線の話。

「面と向かって仲間って言われると嬉し恥ずかしですね」

　おちゃらけてみせると、遊佐さんの頬が微かに赤くなる。

「そう改めて言われると、ただただ恥ずかしいので茶化さないでほしい」

　そんな遊佐さんに俺は答える。

「色々と買い被りすぎですよ。単に才能がなかったから自分にできることを模索しただけです」

　すると遊佐さんが、目を細めるようにして俺のことをジッと見てくる。

「……ダメだ、やっぱり瑠宇ちゃんが本当のことを言っているか分からない」

「なんで疑うんですか？」

「そりゃ、瑠宇ちんが嘘吐き野郎だから」

否定はできない。なにせその通りだから。

「瑠宇ちんを相手にする時はどうしても、その視点で考えちゃうんだよね。だって瑠宇ちんはズルいんだもん」

遊佐さんは、俺が他人の心を盗み見れることを知っている。

「そう言われると返す言葉がないですね」

「でも悪いズルじゃないと私は思っている。瑠宇ちんは、そのズルを誰かを幸せにするために使っているんだろうなって思ってるから」

それこそ買い被りだ。

「嘘なんて誰かを傷つけることにしか使えませんけどね」

「でも誰かを傷つけることで、誰かが救われることもある」

遊佐さんをジッと見る。

遊佐さんは、変わらずスマホを弄りながら、変わらぬ口調で続ける。

「私は全ての人間が幸せになれるなんて思っていない。そうあるべきだと思う人間にはそうなってほしいけど、そうでない人間も大勢いると思うから」

「罪人は幸せになるべきではないと？」

「ううん。悪・人・が幸せになるのは間違ってると思っているだけ」

いつの間にか遊佐さんがスマホを操作する手は止まっていた。最強の《覚醒者》の1人は、ただジッと何かを見つめ、その心の闇の一端を垣間見せた。

「なるほど、深いですね」

だからこれ以上、何か言うべきではないと思った。

「瑠宇ちんはさ、口ではなんだかんだ言うけど、行動できちんと証明している。だから皆、信頼している。私もそうだよ。私はそういう瑠宇ちんのことが結構好きだから」

そう言われてしまったので、にやりと笑っておく。

「随分と唐突な愛の告白ですね」

「そういう気持ちがないことも誤解を生まずに伝わるところが、瑠宇ちんのズルの良いところだよね」

心を盗み見れるからこそ語弊なく気持ちが汲み取れてしまう。

ライクもラブも、同じ「好き」。日本語は難しくてややこしい。

「そろそろ行った方がいいよ。もうすぐ佐神さんが来るはずだから」

そう忠告を受けたので、さっさと退散することにする。

「ではまた」

そう部屋を出て廊下を進むと、塾の出入口付近で佐神さんと鉢合わせになった。

「お疲れ様です、佐神さん」

「おう、今帰り？　他の子たちは一緒じゃないの？」

「ええ、今日ウチは休みです。近くを通ったんで、他のチームの様子はどうかなと」

「頼むぜ、灰空。今回の合同作戦はたぶんお前が頼りだから」

俺が盗み見れることを知らない佐神さんのことをジッと見る。

ありがたいことに本当にそう思ってくれているらしい。

「そういえば佐神さん。どうして今回は須賀くんたちを選んだんですか？」

前もって、尾崎先輩を通して須賀くんと管野の衝突については伝えていた。それは須賀くんの参戦は今回の合同作戦において問題になる可能性があると思ったからだ。

「そりゃ、管野たちが出るって聞いたからな」

それを知ってなお決断したらしい佐神さんは続ける。

「須賀と管野には因縁があるのは察している。少し前から須賀が気負っているのも感じている。だからこそ、それをどうにかする機会になればと俺は思ってるんだ」

合同作戦の成否より、クランの仲間のことを考えての判断ということらしい。

「随分と荒療治ですね。普通にフォローしてあげないんですか？」

「やれることはやるが、できないことはできないからな。これは須賀の問題だ。だからこれは須賀にしか解決できない」

短絡的なわけでも、考えが浅いわけでもない。

佐神駿河は本質的に分かっているのだ。

結局のところ、本当の意味で自身の問題を解決できるのは自分だけだ、ということを。

——その時、塾の奥の方から怒鳴り声が聞こえた気がした。

言い争うような声。その声には聞き覚えがあった。

「今のは須賀か？」

「佐神さん、行ってあげてください」

「ああそうするよ。お疲れ」

そこで佐神さんと別れ、俺は塾を後にした。

一緒に行かなかったのは、大したことになるとは思っていなかったからだ。


——その夜遅く、須賀くんが《偽世界》に侵入し、それを助けようとした佐神さんが重傷を負ったという話が回ってきたのは、翌日の朝のことだった。

3.『彼』は奮起する

須賀チームのリーダーである須賀結城が深夜に《偽世界》に侵入し、特殊個体と遭遇。

これを助けるために駆け付けた佐神さんが重傷を負った。

Ｃａｉｎ（カイン）のチャットで回ってきた情報は、朝からショッキングな内容だった。

佐神さんの重傷もさることながら、須賀くんが禁止された時間帯に侵入し、抜け駆けしようとしたことにも驚いた。

おそらく昨日、俺が佐神さんと別れた後に、何かあったのだろう。

「気にするほどでもないだろと横着したのが仇（あだ）になったな」

通学の電車の中、予想外の展開に頭を悩ませていた。

原因が分からず詳細が把握できない。

ただ現状を俯瞰（ふかん）して見るならば、『フラフニ』代表として参戦している須賀チームはおそらく再起不能。合同作戦参加の４チームの一角が崩れたことになる。

そうなると日数的にもよくない。

合同作戦開始からは４日目だが、偽世界発生からはさらに日にちが経（た）っている。

《偽世界》の難易度も跳ね上がっている。

予定では今日から仕掛けるつもりだったが、根本的に見直す必要があるかもしれない。

そんなことを考えながら、いつもの電車に揺られ、学校の最寄り駅に到着する。

学校へと向かうべく、駅の外へと流れていく同じ制服を着た学生たちの中から外れ、いつも通りコインロッカーの並ぶ人気のない通路へ。

そしていつものロッカーを開けて、弁当箱を入れた時だった。

「灰空さん！」

声を掛けられ、そちらを向く。

そこには肩で息をする『彼』が立っていた。

「えっと確か、須賀チームの……そういえば名前なんだっけ？」

「時任です。時任廻です」

ここまで走ってきたらしい彼は、額の汗を拭いながら、そう名乗った。

「なら廻くん。今がどういう時間か分かっているよな？」

コインロッカーを閉じて、スマホを翳してロックを掛けながら、さらに尋ねる。

「今は日常な時間だ。非日常の話を持ち出していい時間じゃない。というか、どうしてここが分かった？」

眼鏡の奥から眼光を鋭くさせ、明らかな敵意を向ける俺に対して、廻くんは一瞬怯んだ様子を見せたが、踏ん張るようにして俺に向かってニヤリと笑ってみせた。

「久我さんから情報を買いました」

意外な答えに唖然とした。そして想定外の答えに思わず笑ってしまった。

「高かっただろ？」

「足りなかったんで借金です」

「そりゃご愁傷さま」

愉快な回答に自然と伊達眼鏡を外していた。

そして彼の言葉に耳を傾けることにした。

理由はシンプル。久我さんが彼に情報を売ったからだ。

久我さんは《覚醒者》のプライベート情報を考えもなしに売る人ではない。

それを売ったということには意味がある。この様子じゃ覚悟を問うためにだいぶ高値を吹っ掛けたに違いない。それでも廻くんは自身の目的のためにそれを買った。

ジッと見ればよく分かる。彼が抱く覚悟と決意が。

「それで？　俺に何の用事だい？」

そう尋ねた俺に対して、廻くんは意を決したように口を開いた。

「今回の合同作戦を成功させて、あの特殊偽世界事件をどうしても解決したいんです！　だから、俺にできることはありませんか！」

再び彼をジッと見つめる。

そして盗み見えたからこそ、尋ねる。

「なんで俺にそんな話をするんだい？」

「灰空さんだけが、あの特殊偽世界事件を攻略する明確なビジョンを持っていると思ったからです」

右手を自分の首元に伸ばしながら、質問を変える。

「どうしてそんなに頑張る？　聞いたよ、須賀くんと佐神さんの話。今『フラフニ』は大変なんだろ？　客観的に見ても、とてもじゃないがまともに戦える状況じゃない」

「だからです」

廻くんは続ける。

「佐神さんは重傷です。結城は責任を感じて心が折れてます」

「だったら……」

そう俺が口にしようとした言葉を遮るように、廻くんは言った。

「だから俺が今回の特殊偽世界事件をどうにかしなきゃって思いました」

俺の目を見ながら廻くんは続ける。

「もしこのまま何もしなかったら、結城はきっと立ち直れない」

このまま合同作戦が続き、それが成功しようが失敗しようが須賀くんの心には深い後悔だけが残る。

「傍に寄り添ってやろうとは思わないのかい？」

「もちろんしますよ、仲間ですから。でも今、結城のためにするべきことは、傍にいることじゃない。結城の代わりに偽世界事件を解決することです」

そう語る廻くんをジッと見つめる。

「上手くいかなくても失敗してもいい。それを支える仲間が周りにいるってことを教えたい。……いや、示したいってところか」

心を盗み見た俺の言葉に、一瞬驚いた廻くんだったが、すぐに元の決意ある顔でコクリと頷いた。

「そうです」

そんな覚悟を見せられてしまい、思わずため息を吐く。

「場所を変えよう」

「？　えっと……」

「これから学校をサボるんだから、こんな学校の近くにいちゃマズいだろ」

廻くんと共に電車に乗って向かった先は、２つ隣の駅。

そこは駅周辺に学校がなく、通勤中のスーツを着た大人ばかりが下車するオフィス街へと続く駅だ。

そんな大人たちの中では、違う高校の制服を着た男子高校生２人は当然目立つが、逆に声を掛けてくるような大人もいない。

そのまま向かった先は、駅を出てすぐの場所にある古いビルの2階にある喫茶店。

慣れた足取りでガラガラの店内の奥へと進んでいく俺とは対照的に、廻くんはアンティーク調の純喫茶な店内をキョロキョロしながら、おっかなびっくり付いてくる。

適当な席に座り、廻くんにメニューを開いて渡す。

「コーヒーを飲まないならミックスジュースが美味しいからオススメだ」

「あの……灰空さん。この店は？」

「俺が時々使っている店。誰にも見つからず悪い話をするのに、うってつけの場所だ」

店の奥からやってきた老店長に注文するが、いつものように何も言わず、すぐに飲み物を持ってきてくれた。そして店の奥へと引っ込み出てくる気配もない。

運ばれてきたコーヒーに口を付け、廻くんがジュースを一口飲んだところで本題に入る。

「さて廻くん、問題だ。今回の偽世界事件、なぜみんな手こずっていると思う？」

「それは……自分たちのチームだけじゃ被害者を助けられないからです」

俺は「そうだ」と頷く。

今回の特殊偽世界には被害者が4人。《偽世界》の規模も通常の4倍以上。結果、《偽世界》を跋扈する《偽獣》たちの数もそれに比例している。

必然的に警戒音後に押し寄せる《偽獣》の数も4倍以上。並みのチームで対応できる数ではない。

「そうなると、単純な話。解決方法は誰でも思いつく」

「4チームが一致団結して被害者を助ける」

廻くんの回答に俺は頷く。

「《偽獣》が多いなら、こちらも数を増やして対抗する。それが今回の合同作戦の理想的な展開だ。……だが残念ながら上手くいかない」

「初日のイザコザで、チーム間の信頼が崩壊したからですね」

「結果、いまの有様だ。おそらくどこのチームもその答えが分かっている。だが、それには協力するための信頼関係の回復が必要で、それを実行するきっかけが思いつかない」

それが今の膠着状態だ。

「なら、そのきっかけを作ってあげればいいってことですね。それこそ、他のチームを集めて一致団結を促すとか」

「それで上手くいくと思うかい？」

想像してみたのだろう。廻くんの表情が思いっきり曇る。

「……いや、揉めまくると思います」

「同感だ。やったところで揉めに揉めて、火に油を注ぐ結果になりかねない」

じゃあどうすればいいのか？

そう考えている廻くんに俺は言う。

「だから正攻法では攻めずに、やり方を変える必要がある」


──そして俺は、その方法を廻くんに伝えた。


「……なるほど。確かにそれならいけそうですね！」

俺の考えを聞いた廻くんは、驚きと感心、といった表情を浮かべる。

「その4チームをまとめるのを廻くんにやってもらう」

「俺、ですか？」

「そう。それが廻くん自身の言っていた『君にできる』ことだ」

そうして俺は、その具体的な方法を廻くんに伝えた。

「──話は以上だ。まずは兎にも角にもリーダーが脱落した須賀チームの立て直しをやってもらう必要がある。ウチのチームAshは当然参加するから安心してくれ。その上でチーム蒼とチームKITEの説得を今日中にする必要がある」

「今日中ですか？」

「《偽世界》は発生から日数が経過するほど偽世界内での『変質』が起こり、難易度が跳ね上がる。そういう意味でも今回の特殊偽世界事件は、最悪でも明日中に片をつけたい。

だからそのための準備は今日までに全てこなさなければならない」

「……」

やり方は教えた。だがやるかやらないかは、結局、彼次第だ。

「どうした？　怖気(おじけ)づいた？　止(や)めるなら……」

「止めません。やります。やってみせます」

廻くんはきっぱりと言い切った。だから俺は尋ねた。

「なんでそこまで頑張れるんだい？」

彼を突き動かす原動力、根幹にあるものがなんであるかを知りたくなったから。

盗み見れる情報としてではなく、純粋に彼自身の言葉として、それを聞いてみたかった。

廻くんは胸の前で拳を握るようにして、こう答えた。

「一番怖いのは、何もしなかったことだって、知っているからです」

だから分かった。彼は何か大きな後悔と戦っているのだと。

そこから廻くんと綿密な打ち合わせをした後、放課後の時間まで解散した。

なんにしても廻くんには、須賀チームの面々とやり取りし、チームをまとめてもらう必要があるからだ。

俺は俺で、大遅刻をしながらも学校に顔を出しつつ、チームメンバーにはＣａｉｎのチャットで簡単な説明をしておく。

そうして放課後になり、再び廻くんと合流。

どうやらチームの立て直しは上手くいったらしい。

「ならここからが本番だ」

そのまま現場である件の塾に向かい、塾の入口辺りで他のチームが来るのを待つ。

まずやってきたのは、登張さん率いるチーム蒼。

「じゃあ手はず通りに」

俺は身を隠し、廻くんが１人で登張さんたちの下に向かい「話がしたい」と声を掛ける。

塾内の別室で、廻くんとチーム蒼の話し合いが進む中、俺は『穴』のある自習室に行ってホワイトボードに「作戦決行は明日」とだけ書いておく。

正直、チーム蒼との交渉に関しては、なんの心配もしていない。

元々『フラフニ』と『蒼森風夜』はクラン同士でも交流がある良好な関係だ。『Ｂ．Ｅ．』に対するような色眼鏡もない。それに登張さんも自分たちだけでは現状対処のしようがないことは自覚しているはずだ。この状況を打開し、被害者を救出するためなら、その計画に嫌な面子が交ざっていたとしても話に乗らないわけがない。

案の定、あっさりと協力を取り付けられたと、廻くんからＣａｉｎに連絡があった。

となると、後は問題のチームＫＩＴＥの管野たちだ。

廻くんと登張さんたちに遭遇しないよう、俺はこっそりと塾を後にする。

ここにいてもやることがないし、むしろいない方がいいからだ。

7階の塾の出入口を出てエレベーターを待つ。するとちょうど、エレベーターから降りてきた管野たちと鉢合わせになった。

実に良いタイミングだ。

管野たちが訝しそうに睨んできたので「ふっ」と意味深な笑みを浮かべておく。

もちろん管野は反応したが、それ以上、絡んでくることはなかった。

後は廻くんの交渉が上手くいくのを待つだけだ。

その結果を待つ間、塾のあるビルの向かいにあるコーヒーショップで時間を潰す。

管野たちチームＫＩＴＥは、合同作戦が始まってから皆勤賞。当然、今日も《偽世界》に入ることは分かっていた。だから廻くんが管野たちと交渉するのは、《偽世界》の中でと指示してある。

仕掛ける時間の目安は19時前。

理由は、管野たちが毎日引き上げる時間がこれより少し遅い時間だからだ。進展なしの焦りから今日はギリギリまで粘るかもしれないが、須賀くんが《偽獣》の特殊個体に襲われた件があった昨日の今日なので、読めないところ。そこは現場の判断に任すと伝えてある。

なんにしても重要なのはタイミングだ。考える余地のないギリギリの時間に話を持ち掛けるのが狙いである。

菅野たちはおそらく俺が書き込んだホワイトボードの文字に気付いただろう。それ以外にも《偽世界》内で登張さんたちと遭遇して、何か思うこともあるかもしれない。

仕掛けは蒔いておいた。後は廻くんの交渉次第。

「面白いことをしていますね」

そうしてふらりと現れて、当然のように隣の席に座ったのは献だった。

ストーカーを豪語する献に対して「なぜここに！」と驚くのは野暮というものだ。

「そうか？　やる気のある廻くんを使って極めて合理的に事を進めているだけだがな」

「私には瑠宇クンが、準備していた手柄を全て彼にあげてしまったように見えますが？」

献はアイスコーヒーにストローを差して、それを咥えた。

「俺が動いたところで、他の2チームが、俺の話を聞いてくれる可能性はなかっただろ」

「瑠宇クンに人徳がないことは否定しません。日頃の行いもあって、相手から無条件で信用されるようになるか、顔も見たくないと極端に嫌われるかのどちらかですから」

よく分かっていらっしゃる。

「ですから、今回も瑠宇クンが話を持ち掛けたところで、聞く耳持たないとすげなく追い返される姿も容易に想像できます。ですがそれでも自分の思惑通りに相手を動かすのが灰空瑠宇の交渉である、と私は思っています」

「過分な評価、ありがとうございます」

「まあ、見方によっては相手を操る最低行為ですけどね」

　正当な評価を、どうもありがとうございます。

　苦笑を浮かべる俺の隣で、献がストローでコーヒーをかき混ぜる。

「これはあくまで私個人の見解です。私は今回の合同作戦、住ノ江(すみのえ)さんが瑠宇クンに手柄を立てさせるように仕組んだのではないかと思っています」

　黙って献の話に耳を傾ける。

「小耳に挟みましたが、今回、チームＡｓｈ(アッシュ)を指名したのは住ノ江さん。ですが焔(ほむら)さんは、自分の要望が通らなければ、『Ｂ．Ｅ．(バタフライエフェクト)』は参加しない、チームＡｓｈも合同作戦には参加させないとほのめかしたそうです」

「つまり郁人(いくと)さんが申し出を受けざるをえなかったのは、郁人さんの計画にとってウチのチーム参加が必須だったからだと？」

「実際、ややこしいことになりました。それでも瑠宇クンはいつも通り、事が上手(うま)く運ぶように、４チームをまとめる段取りを考え、その絶好のタイミングを見計らっていた。それはつまり、こうも考えられる。瑠宇クンが絡んだ時点でいくらでも帳尻合わせができる。

むしろ瑠宇クンの活躍が目立つ場面ができたと住ノ江さんが考えてもおかしくない」

そこまで語り、献は一拍だけ間を空け、こう続けた。

「ですが瑠宇クンは、その手柄を全て他の人間に渡してしまった」

チラリと隣を見ると、献がこちらを見ていた。

「不満そうだな。俺が活躍しないのがそんなに嫌か？」

「正直、面白くはありませんね」

だから言ってやる。

「だがそれは、全て献の都合でしかない」

「……」

ジッと見なくたって分かる。献がモヤっとしたであろうことは。

「合同作戦を成功させるのは、確かに俺の中ではマストだ。だが俺は、俺自身が目立つ必要はないと思っている。だから今回の合同作戦の立役者が廻くんであっても俺に問題はない」

そう言ったら献がくすりと笑った。

「ちょっと嘘ですね。単に彼のことが放っておけなかったんじゃないですか？」

今度は俺が黙る番だった。

「瑠宇クンは、困っている誰かを見つけると手を差し伸べたくなる。直向きに頑張ろうとしている人を見ると応援したくなる。いくら悪態を吐いて、いくら言い訳したところで、それが瑠宇クンの本質です」

「そんな聖人君子に見えるか？　俺は嫌な奴には何もしないぞ」

「それは瑠宇クンにとって助けるに値する人間ではないからです」

「助けるヤツを選別するのか、それは偽善者だな」

「偽善ですよ、救済なんて。助ける人間は助けられる者を選別する。その人間にとっての善悪の基準で、自分が手を差し出す者をえり好みできるんです。だから助けられる者は選ばれるしかない」

「否定的な発想だな」

「まさか。むしろ肯定していますよ。無償の愛も、分け隔てない救済も夢物語です。むしろ助ける理由と助けられた理由が明確にあることが重要だと思っています。助けられることには意味がある」

献は手の中のあるコーヒーをジッと見つめながら続ける。

「頑張っている誰かを応援したいし、正しいことをしようとしている誰かを助けたい。でも他人の善意を利用して甘い汁を吸おうとする輩や、他人を蹴落として自分が助かろうとする人間なんて選びたくない。多くの人間はそうなのではないでしょうか？　少なくとも私はそうですよ」

それこそが救いの本質なのかもしれない。

「私にも最近、力になってあげたい子がいます。でもそれは彼女だからです。他の誰かだからではありません」

それは間違いなく雉子のことだろう。

「正しい誰かを助けようとする理由は何か？　色々とあると思います。でも瑠宇クンがそうするのは、もう自分がそういう存在じゃないからですよね」

「今日はいつになく噛みついてくるな」

「私はもう瑠宇クンに助けてもらう人間ではありませんから」

それは事実であり、同時に本人からの宣言のようにも聞こえた。

そして献は何かを思い出すように、こう続けた。

「最近思うんです。何の考えもなくただ気まぐれに助けられることは、ある意味残酷ではないだろうかと」

献が口にした一言によって、俺たちの間に長い沈黙が続いた。

そんな中、スマホが震える。

廻くんからだ。どうやらチームＫＩＴＥを計画に参加させることに成功したらしい。

『灰空さんのアドバイスのおかげです。勉強になりました。これが交渉ってヤツなんですね』

正確には脅迫紛いとも言うんだけどね。

とはいえ、今回の経験がこれからの廻くんの足しに、少しでもなればいいなと思った。

「上手くいったみたいですね」

「ああ」

そうとだけ答えると席を立ち、献を残して、そのまま1人店を後にした。

――そして翌日、今回の特殊偽世界事件における、本当の意味での合同作戦が始まろうとしていた。

第四話

1. 合同作戦開始

合同作戦当日。

休日のその日、塾の自習室には関係者が全員集まっていた。

まずメインとなる４チーム。

俺たちチームＡｓｈ、登張さんたちチーム蒼、管野たちチームＫＩＴＥ。そして助っ人として尾崎先輩をメンバーに加えた、廻くんが臨時リーダーを務める須賀チーム。

加えて調査チームとして、『蒼森風夜』のクランマスター・空海さん、『Ｗａｌｈａｌｌａ』から第一席の志波さんと第三席の遊佐さん。

そしてこれから行われる被害者救出に合わせて、カリバーンエージェントと救護スタッフもすでに待機済みである。

皆が注目するホワイトボードには、事前に俺たち４チームが発見した『繭』４か所の場所が書かれている。

「それでは改めて、今回の作戦について説明させてもらいます」

ホワイトボードの前に立ち、そう語り出したのは廻くんだ。

廻くんが語る作戦（正確には俺が考えて教えた作戦）の段取りはこうである。

まず4つの『繭』から4チームが同時に被害者を救出する。

これにより発生する《警戒音(サイレン)》を聞き、4人の被害者を取り戻すために4つに分かれ殺到するであろう《偽獣(ぎじゅう)》たちを、被害者を抱えた各チームがそれぞれ対処しながら、各々で現実世界への脱出を目指す。

そして現実世界に被害者を連れ帰ったチームはすぐに《偽世界(ぎせかい)》へ引き返し、他のチームの脱出をフォローする。

これだけだ。

当然、他にもやり方はあった。それこそシンプルなのは4チーム合同で被害者を1人ずつ助けていくという方法。

だが今回はあえてこれは除外。理由は単純にチーム同士で連携が取れるか怪しいからだ。

こうして作戦に参加はしているが、それぞれのチームの他のチームに対する疑心暗鬼が消えているわけじゃない。一緒に行動した結果、足の引っ張り合いが起こる可能性は十二分にありえる。

そういうリスクを考慮して、極力自分たちのチームだけで完結する作戦としたのだ。

「本当に《偽獣》たちは、こっちの思惑通りに動くのかよ？」

管野が茶々を入れてくる。

当然、そうとは限らない。それこそ《警戒音》の後、《偽獣》たちがどこか一か所にだけ殺到する可能性もある。

だがそれはそれで、他の3チームに対して手薄になるということなので、まずは被害者3人を救出することができるし、そこから残りを助ける手立てを考えることもできる。

そういう様々な可能性を視野に入れた、あくまで最初の一手としての4チームによる同時救出である。

そんな廻くんの説明を聞き、管野は舌打ちと共に口を閉ざす。

不本意でもチームKITEも従っているのは参加せざるを得ないように、廻くんが交渉したからだ。

管野たちにとってこれは、抜け駆け上等の早い者勝ちレースだ。逆に言えば、自分たちが出し抜かれることもありえる。

昨日の交渉で、今日チームKITE以外の3チームが作戦を決行することを伝え、「これにチームKITEも参加するか否か」を迫ったのだ。

参加すれば、最低でも被害者1人の救出が可能。だがもし参加しなければ、他3チームによって全ての被害者が救出される。そうなればチームKITEはなんの成果もあげることができずに合同作戦を終えることになる。序盤にあれだけ息巻いていた人間がこの結果というのは実に滑稽である。クランマスターの焔さんにも合わせる顔がない。

その辺りを上手く突いて、廻くんは管野たちも参加するよう約束を取り付けた。

……まあ、そのやり方を教えたのは全て俺なのだが。

「それでは皆さん、頼まれていた時計を配りますね」

にこやかに笑う郁人さんが、それぞれのチームに懐中時計を手渡していく。それは秒針の動きまでぴったりそろった4つの時計。

この時計の時刻が16時ピッタリになったところで作戦開始となる。

「では、それぞれ担当の『繭』へと向かってください」

廻くんの号令に合わせ、参加するチームが目の前にある空間のひび割れに目を向ける。

すでに『穴』の周囲には白い花の蕾が開き始めている中、それを踏み越え、《覚醒者》たちが手を伸ばしていく。

「俺たちも行くか」

そう口にしたところで、登張さんがこちらにやってくるのに気が付いた。

以前のように少し迷っているような表情で、雉子に「優良希」と声を掛けてきた。

これに少し怯んだように見えた雉子だったが、隣にいた献がその背中をポンと叩いた。

「えっと……一緒に頑張りましょうね、登張さん」

ぎこちないながらも笑みを浮かべそう口にした雉子に、登張さんは一瞬悲しそうな表情を見せたが、すぐに明るい笑みを浮かべる。

「ええ、そうね。頑張りましょう」

ただそんな登張さんの強がりを雉子が敏感に感じ取っていることには、俺は当然のように気付いていた。

《偽世界》内に入り、指定の『繭』に向かう途中は、《偽獣》との戦闘は極力避ける。

移動しながら観察すると、やはり黒い灰を纏った変異種の姿がチラホラ確認できる。

日数経過による《偽世界》の『変質』が進んでいるのが分かる。文字通りギリギリだ。

各チームが担当する『繭』は奇しくも最初に決めた担当エリア内に一つずつあり、俺たちが担当する北側の『繭』の場所は、以前自分たちで発見したところだった。

以前のようにビルの前でたむろしている《偽獣》を確認。

「迅速に片付けるぞ」

そう合図を送ると同時に、献が高台からの射撃を開始。続けてイメージを固めていた雉子が魔法を放ち、残りを真白が刈り取っていく。ちなみに俺はいつも通りのフォローと手助け。

そうしてあっという間に、《偽獣》の一団を殲滅。

俺と真白と雉子の3人はそのまま建物の中を進んでいく。

「この部屋だな」

事前の確認通り、階段を上がった6階の角部屋に、白い糸で覆われた『繭』があった。

一応周囲の部屋を確認するが、《偽獣》がどこかに潜んでいる様子はない。

懐中時計を確認すると、まだまだ時間に余裕があった。

「ちょっと休憩だな」

そう2人に伝えつつ、耳につけた通信機に手を伸ばす。

「献、そっちの様子は？」

『問題ありません。予定通りこのまま時間まで待機します』

続いて通信機のオープンチャンネルで呼び掛けてみる。しかし返事がない。

「やっぱり距離がありすぎて届かないか」

今回の特殊偽世界は、通常よりもだいぶ広いため、この通信機の通信距離では広大な《偽世界》全域を網羅することができない。

それもあって、今回は被害者救出のタイミングを合わせるのに時計を使っている。

とはいえ、こうして近くの仲間と連携する上では支障がないし、他のチームとも距離が近くなれば、普通に通信は可能になるだろう。

「……そろそろだな。始めよう」

作戦決行の時刻が近づき、懐中時計を片手に2人に合図を送る。

真白は右手に《偽装》ナイフを出現させ、『繭』を引き裂き被害者を引っ張り出す準備をする。

「いつでもいいぞ」

懐中時計に目を落とし、秒針の動きに集中。

そしてチクタクと動く針が真上になった瞬間、俺は真白に向かって手を上げる。

真白が一気に、被害者を引っ張り出した。


「――――!!!!!!!!」


そして偽世界中を震わせる《警戒音》が響き渡り、大地を揺らすような振動が響いてくる。

「来たな」

真白から被害者を預かると、廊下に出て、目の前の階段を段飛ばしで駆け上がっていく。

そのまま屋上に飛び出し眼下を見回せば、こちらに押し寄せてくる《偽獣》たちの姿が見て取れた。

「予定通りのルートで戻るぞ」

あらかじめ目星を付けていた高い建物の上を飛び移るように移動するのは、少しでも《偽獣》たちをやり過ごすためだ。

もちろん楽な道だけでは済まない。ルートが無ければ、《偽獣》たちが犇めく地面に飛び降り、群がってくる《偽獣》たちを蹴散らしながら突き進み、目ぼしい建物の外壁の出っ張りを足掛かりに上へと飛び上がり、再び高い場所を移動していく。

——微かな異変を感じたのは、そんな中でのことだった。

「妙だな」

高所から眼下を見渡し確認できる《偽獣》たちの数が、予想以上に多い気がする。

「献、聞こえるか？」

『なんでしょう、瑠宇クン』

「そこから《偽獣》たちの流れは見えるか？」

単独で高台を移動しながらの狙撃で、こちらのフォローをしてくれている献が現在いるのは、この辺りでは最も高い鉄塔の上のはずだ。

そして献からの報告は、悪い予想が間違っていなかったことを知らせるものだった。

『妙です。《偽獣》たちの動きが3か所に集中しているように見えます』

思わず舌打ちする。どうやらやられたらしい。

「雉子。強力な魔法解禁だ」

いきなりの俺の発言に、並走していた雉子がギョッとなってこちらを見る。

「えっ、なに！　突然どうしたの!?」

「管野たちが裏切った」

「！　ちょ、どういうこと!?」

「管野のヤツ。他より遅れて被害者を救出することで、俺たちに《偽獣》たちを押し付けやがったんだよ」

今回の作戦は、４か所の救出タイミングをぴったり合わせることで《偽獣》たちの分散を狙ったものだ。

だがもし、このタイミングがズレるとどうなるか？　それこそ１か所だけ意図的に数分助けるのを遅らせたらどうなるか？

当然、最初に被害者を助けた３か所に《偽獣》たちが殺到する。そして、その流れや勢いはちょっとやそっとでは変わらない。

つまり遅れて被害者を救出したチームに向かってくる《偽獣》はほとんどいなくなるということになる。

そうなれば、そのチームが現実世界に脱出するのを妨げる障害はないに等しくなる。

管野たちは、それを実行したのだ。

それを聞いた真白が、こちらを睨んでくる。

「おい、瑠宇助(るうすけ)！　そんなことも想定してなかったのかよ！」

「してたさ、もちろん」

だがそこまで頭が悪いとも思っていなかったのだ。

それがどういう結果になるか、普段の抜け目ない管野なら分からないはずがない。……いや、もしかすると、須賀(すが)くん同様に管野もまた平静ではなかったのかもしれない。

なんにしても、マズイ状況であることは変わらない。

想定よりこちらに向かってくる《偽獣》は多い。そして『穴』のある中央に行けば行くほど、周囲から集まってくる《偽獣》たちが密集する激戦区となる。

こうなった以上、強カードを切るなら少しでも早い方が良い。

建物伝いの道がなくなり、再び《偽獣》たちが犇(ひし)めく地面に降り立つタイミングになったところで、雉子を見る。

「雉子、いけるか？」

「もち、問題なし」

建物の屋上から飛び出し、眼下を埋め尽くす《偽獣》たちに向かって落下する雉子は、どこか楽しそうに掲げた杖(つえ)を振り下ろした。

「重力落下(ズドン)」

その瞬間、目の前一帯の空間が大きく歪(ゆが)み、眼下を埋め尽くしていた《偽獣》たちが膝を突くように倒れ込み始めた。そして次々とグシャリと潰れ、黒い灰になっていく。

「相変わらず、スゲェな」

俺たちが地面に着地した時、そこにあったのは綺麗に円形に凹んだ地面だけだった。

初めて見る新たな魔法。さすが学校サボって《偽世界》に入り浸っているだけあって、その魔法技術はどんどん向上しているようだ。

とりあえず俺たちはなんとかなりそうである。だが……

「……他は2チームとも苦戦しそうだな」

そう零した瞬間、雉子が杖をギュッと握った。

「瑠宇。あのね……その……」

雉子が何かを言いかけて、でも何も言えずに押し黙る。

そんな雉子の姿に、近くにいた真白も高台から見守る献も気付いたのだろう。

雉子が何を言いたいのかは、もちろん心を盗み見れる俺には分かった。

だがあえて言わなかった。

盗み見えるからこそ、それは俺が口にすべきではないと思ったからだ。

そんな何も言わない俺に対して、目で何かを訴えかけるだけの雉子の背中を叩いたのは真白だった。

「私はどっかの・・・嘘吐き・・・野郎・・とは違うからな。ちゃんと言われなきゃ何もできないぞ」

「真白ちゃん」

『優良希(ゆらぎ)さん。大丈夫ですから。ちゃんと言ってください』

「献先輩」

そんな2人に後押しされるように、雉子は俺たちに向かってこう言った。

「皆、その……私は、登張(とばり)さんたちを助けに行きたい」

素直な気持ちを口にした雉子の頭を、ニヤリと笑う真白が撫(な)でる。

「さっさと行くぞ、雉子」

『瑠宇クン、こちらで合流ルートを指示してもいいでしょうか？』

「最短距離でいいぞ。言い出しっぺがヤル気だから、道を作るのも造作ないだろう」

そんな俺たちの視線を受けて、人見知り魔法使いが元気に頷(うなず)く。

「任せてよ！」

「よし、こっからは火力勝負だ。被害者は俺が死守するから好きなだけ暴れろ」

「「了解」」

2. 合流と決着

現実世界へ脱出すべく北側から南下していた俺たちは、進行方向を少し変え、東側から中央へ向かっているはずの登張さんたちチーム蒼と合流すべく東寄りに移動を開始。

当然、《偽獣》たちが雪崩のように押し寄せるが、雉子が強力な魔法によって次々と蹴散らしていき、ほぼまっすぐにルートを突き進んでいく。

『瑠宇クン、登張さんたちを捉えました。前方に見えるツインビルの上です』

被害者を抱えているため《偽獣》からのヘイトを一身に集める俺たちから離れることで、自由に単独行動しながら先行する猷から連絡が入る。

「こちらからも見えた」

ビルの屋上の開けたスペースで両手剣を構えた登張さんが矢面に立ち、ビルを這い上がってくる《偽獣》たちを次々と斬って捨てている。

その後ろでは、新人の1人が被害者を抱え、他の2人がこれをフォローする形で陣形を組んでいるが、この窮地に新人3人の動きがぎこちなく、明らかに旗色が悪い。

「このまま一気に合流する。雉子、特大のをぶちかませ！」

「任せて！」

ツインビルを見据えられる開けた場所で足を止めた雉子が、意識を集中するように杖を掲げる。その様子を見て、雉子に殺到してくる《偽獣》たち。だが雉子に近づこうとする《偽獣》たちは、猷の狙撃に次々と頭を撃ち抜かれ、真白の凶器で残らず斬殺されていく。

そして直後、周囲に風が吹き始める。

「流氷の暴嵐」

颪はビルの屋上に陣取る登張さんたちを中心に、すぐに激しい暴風へと変わる。そして吹き荒れる嵐の中に次々と鋭い氷が現れ、周囲に群がる《偽獣》たちに降り注ぎ始める。

あれだけいた《偽獣》たちが、瞬く間に黒い灰へと変わっていく光景に、チーム蒼の面々は唖然としている。

だがすぐに、登張さんが杖を掲げる雉子に気付いたようだ。

「……優良希なの？」

そんな中、高々と飛び上がった俺は、チーム蒼の中心に降り立つ。

「はいはい、感動の再会は後回し。ということでチーム蒼の皆さんは、今から俺たちチームAshに合流してください。一緒に脱出しますんで。ああそれと、俺が仕切ります」

「なっ！」

戸惑う表情を浮かべる登張さんを無視して、新人たちにも指示を出していく。

「そっちの被害者も俺が預かるから。キミたちは俺の護衛をお願いね。登張さん、『穴』へのルートは雉子たちが作りますんで、後方の対応をお願いします」

ほぼ奪い取るように被害者を受け取り、そのままの勢いですぐに移動を開始する。

よほど登張さんから悪口を聞いていたのか、俺に対する反感を抱いていた新人３人だったが、群がる《偽獣》を次々と蹴散らし道を切り開く雉子や真白の強さを見て、ここは大人しく従っておくべきだと思ったのだろう、すぐに歩調を合わせ始める。

「右からの攻撃に備えて」「ありがとう助かる」

それを感じた俺は俺で、周囲に目を向け、なるべく的確な指示を出しつつ、感謝の声を掛けていく。そうすることで早々に指揮系統をしっかり意識させていく。

すると『蒼森風夜』の新人たちの動きが途端に良くなっていく。協調性が高く、互いをフォローし合う連携に無駄がない。基本をしっかり教えられているのだろう。

「……」

こうなると、登張さんも何も言わない。俺の要望通り、後方から追いかけてくる《偽獣》たちの相手をしながら立ち回ってくれている。

そんな激戦が一瞬途切れた合間に、両手剣を構えた登張さんが俺の隣にやってきて、チラリと、先頭を切って魔法をぶっ放している雉子に目を向けた。

「……あれが優良希のやってみたいって言っていた『魔法』なの？」

周囲を警戒しながらの登張さんの質問に、俺も周囲を見回しながら「ええ」と答える。

「私が初めて優良希からそれを聞いた時、正直無理だと思った。そんなのはできるわけないって。だから他の皆がそうしてきたように、マニュアル通りに効率よく《偽装》の基礎を教えるのが優良希のためになると思った」

それが『蒼森風夜』のスタイルで、実際、俺を守ってくれている3人の動きを見れば、それがどれだけ理に適っているかはよく分かる。

だからこそ、登張さんは感じたのだろう。

「……でもそれは優良希のためにならなかったのね。結局、私は優良希に何もしてあげられなかった」

その言葉からは自身の後悔と悔しさがにじみ出ていた。

だから言っておく。

「誰かが自分のために頑張ってくれていた気持ちっていうのは伝わるものだと俺は思います。少なくとも、登張さんたちの一生懸命は、雄子にちゃんと届いていましたよ」

そう伝えると、登張さんは悔しそうに俺を睨みつけ、そっぽを向いてポツリと呟いた。

「……優良希のことは任せたから」

「何か言いましたか？」

なので聞こえないふりをしてやった。そうしたら思いっきり耳を抓られた。

「優良希を泣かしたらまた引っ叩くって言ったの！　いい!?　忘れるんじゃないわよ！」

冗談のノリが通じない人である。

そんなやり取りをしつつ、俺たち混成チームは『穴』へと突き進む。

《偽獣》を押しのけながらの移動は順調。連携も形になってきて、チーム蒼のメンバーの表情にも多少なりとも余裕が出てきた。

「これなら行けそうね」

登張（とばり）さんがそう零（こぼ）す。

「ええ。でもなるべくなら急ぎたいですね」

「？　なぜ？」

「須賀（すが）チームが心配です。できるだけ早くこっちを片付けて、フォローに向かいたい」

そう言ったら、登張さんが不機嫌になる。

「『B．E．』（バタフライエフェクト）のくせに正しいことを言う。腹が立つけど、アンタの言う通りね」

おそらく管野（かんの）たちは、もう自分たちが担当する被害者を連れて現実世界に戻っているだろう。だがそこまで。

管野たちが他のフォローに戻ってくることはない。むしろ他が失敗し、自分たちの手柄を増やしたい思惑があるからだ。

俺たち（こちら）はどうにかなった。

だが廻（めぐる）くんたちが、この状況に対応できているかが、まったく分からない。

なんとかなっていればいいが、もしダメそうなら、正直無理はしてほしくない。被害者をいったん手放すのも一つの選択肢として考えてほしい。

――だがそれは、俺個人の感情からくる都合でしかないことも分かっている。

廻くんにとって今どうしても必要なのは、自分たちで被害者を救出したという結果であり、心が折れた仲間のために何かしたいという思いを形にする方法は、それしかない。

自分たちで成功をもぎ取り、やり遂げなければ、何の意味もないのだ。

結局は、いつか佐神さんが言っていた通り。

たとえ周囲の力があったとしても、極論自分の問題を解決できるのは自分しかいない。

だから今の俺が廻くんのためにできるのは、上手くやっていることを祈ることか、急ぎ駆けつけ許容範囲で手を貸すことくらい。だからこそ、早く……

そんなことを考えていた時だった。


——遠くで何かが光った。


ピカッという閃光。それから遅れるようにして巻き起こったのは、偽世界全体を揺らすような爆発と轟音。そして押し寄せてくる爆風だった。

「な、なんだ、今の？」

全員が思わず足を止め、そちらに目を向ける。

雉子の強力魔法クラス。いや、下手をするとそれ以上？

それが発生した方角は南側。廻くんたち須賀チームがいるであろう方角だ。

何が起こったか分からない。だがそれを確認しに行くにも、今は急がなければならない。

「瑠宇、『穴』が見えてきたよ！」

先頭を進んでいた雉子がこちらに向かって叫んできた。

ただ肩で息をするその姿からは、雉子の疲労がかなり重いというのが見て取れる。

《偽装》とは自身のイメージを具現化する力であり、雉子が操る《魔法》もその延長線上にある。一つ一つの魔法には、常人が扱うのも困難なほどの膨大なイメージが込められている。

そんな魔法をずっと連発しているのだ。脳が疲れないわけがない。

だがもうひと踏ん張りしてもらうしかない。

「くっ、やっぱり多いな」

そうしてたどり着いた現実世界へと続く『穴』の周囲は、予想通り《偽獣》たちで犇めき合っていた。

理由は当然、『繭』から引っ張り出した被害者を連れている俺たち4チーム全てが向かっていたのが、この場所だからだ。

《偽獣》たちを四方に分散させる今回の作戦も、最終的には《偽獣》たちを1か所に集める形になる。結果、この場所は見渡す限り《偽獣》しかいない。

まさに最後の山場。

——だが同時に、ここまでくれば問題ない、とも思っていた。

そして予想通りの光景が目の前には広がっていた。

《偽獣》だらけのこの場所で、調査チームの3人が暴れまわっていたからだ。

触れたもの全てを絶対に斬り裂く斬鉄剣を振り回す、遊佐さん。

光り輝く両手剣を掲げ《偽獣》たちを次々と粉砕する、空海さん。

そしてそれを援護するように二丁拳銃を構え発砲する、志波さん。

《偽獣》たちを次々と黒い灰にしていく、そんな3人の活躍により、俺たちが『綻び』まで向かうルートが目の前にしっかり見えている。

「ありがたいわね！　空海さんたちが手を貸してくれるなんて！」

嬉しそうに笑う、登張さん。

事前の説明では干渉することはないという話だったにも拘わらず、まさかの手助け。

これには、登張さんだけでなくチーム蒼、それに雉子や真白も安堵の表情を浮かべた。

「このまま脱出しましょう」

空海さんたちの誘導に従うように、その横を通り抜けた俺たちは、空間のひび割れである『穴』へと手を伸ばす。

――そして俺たちは現実世界に飛び出していた。

自習室にはすでにカリバーンのスタッフである救護班が待機しており、俺が抱えていた被害者2人を渡すと準備していたタンカに乗せ、診察を始める。

先に寝かされているのは、管野たちが連れて帰った被害者だろう。

そこにいた管野たちは、こちらを見て舌打ちしているだけで、動く様子はやはりない。

「大丈夫、優良希？」

疲労が激しくその場に膝を突いた雉子に、登張さんが駆け寄る。

肩で息をしながら顔を上げた雉子は、自分の服の胸元をギュッと手で握りしめると、意を決したように登張さんに向かって言った。

「真智さん。私は今のチームで頑張りたいと思っています。だからごめんなさい、『蒼森風夜』には戻れません」

それは合同作戦の顔合わせの時に、言えなかった一言。「戻って来い」と登張さんに誘われて、上手く返すことができなかった雉子が伝えたかった返答。

きちんと自分の本音を告げる雉子の姿に、登張さんは驚きながらも、素直に微笑み頷いた。

「優良希がそう選んだのなら、私は反対しない。頑張って。私はいつでも応援しているから」

2人の気持ちがきちんと通じ合った瞬間だと思えた。

その光景を嬉しく思うも、すぐに気持ちを切り替える。

「動ける奴はついてきてくれ！　須賀チームのフォローに……」

そう言って《偽世界》に引き返そうとした時だった。

『穴』の向こうから、廻くんたちが飛び出してきた。

「……廻くん。よかった、無事だったか」

「ええ、強力な助っ人が来てくれたので」

そう廻くんが手を伸ばし肩を抱いたのは、作戦前にはいなかった須賀くんだった。

それだけではない。

「いてて」

なんと重傷を負って入院中のはずの包帯姿の佐神さんの姿まである。

仲間の為に駆けつけるクラン『フラフニ』の絆を感じ、自然と笑みが零れる。

廻くんから逃げようとする須賀くんを見る。その表情からは、これまでずっとあった険が消えている。

吹っ切れた、そんな感じだった。

なんにしても、上手くいったようだと、ここでようやく安堵の息を吐くことができた。

これで合同作戦も無事に……

そして俺は、諏訪原さんが抱えていた救出された被害者を見て、目を見開いた。

どういうこと……だ？

「瑠宇クン」

献も気付いたようで、小さく声を掛けてくる。

自習室は無事に4人の被害者を救出したことで大盛り上がりとなっている。

そんな中、俺たちの反応に気付いたらしい郁人さんが即座に動いた。

郁人さんの指示を受けたスタッフが、すぐに被害者たちの搬送を開始する。

「皆さん、まずはお疲れ様でした！　さっそく報告を聞かせていただきたいので、隣の部屋に移動をお願いします！　佐神くんと尾崎くん以外の調査チームの皆さんは、このまま残って予定通りに最後の調査をお願いします！」

そう皆の注目を集めるように立ち振る舞う郁人さんが、全員を部屋の外に誘導していく。

俺も隣にいる献に声を掛ける。

「献、雉子たちを連れて先に行ってくれ」

雉子は少し離れた場所で、登張さんと何かを話している。

「瑠宇クン」

「頼む。お前にしか頼めない」

声には出さず、「ずるい」と口だけで言っていた。

自習室から合同作戦に参加していた《覚醒者》が出て行き、残ったのは、調査チームの面々。

そして同じく残った俺に対して尋ねてきたのは、志波さんだった。

「予定にない郁人さんの言葉。そしてまだ灰空がここにいるってことは、《偽世界》が閉じない理由に心当たりがあるってことだよな？」

志波さんが指差す先にある『穴』は、閉じる気配がない。

自習室から出て行った面々は、郁人さんが口にしたように調査チームが何かしているから、と思っているかもしれないが、実際はそうではなく、ただ条件が足りていないのだ。

それは何か？　単純な話だ。

「今回の偽世界事件、被害者は５人います」

それだけ告げると、俺は他の《覚醒者》たちを追うように、自習室を出て扉を閉めた。

3．閉じない『綻び』

合同作戦は無事に終了した。

カリバーンエージェントである郁人さんの宣言を受けて解散となり、参加した《覚醒者》たちがそれぞれ帰路についた後。

俺は郁人さんに連れられ自習室に戻っていた。

そこにいたのは、調査チームのメンバーだ。

空海蒼（そらうみあお）、志波安悟（あんご）、遊佐九音（ゆさくおん）。そして佐神駿河（さがみするが）、尾崎庵（おざきいおり）の計５人。

俺たちの目の前には、変わらず偽世界へと続く『綻び』が残っている。

戻ってきた俺たちを見て、空海さんが郁人さんに尋ねる。

「郁人さん、灰空くんがいる理由は？」

「合同作戦に参加した《覚醒者》として、意見を聞けると思いまして」

その理由にいまいち納得できない面々もいるようだったので、幾つか付け加えておく。

「今回の合同作戦の意図や調査チームの役割は、一応理解しているつもりです。今回の合同作戦の最大の目的は『クラン同士が協力して大きな偽世界事件を解決するという前例作り』だと思っています」

その場にいた幾人かの反応で、それが間違っていなかったと理解した俺はさらに続ける。

「通常の偽世界事件にない要素が入ったものを特殊偽世界事件と分類し、事にあたっていますが、今回の偽世界事件は、特に前例のないイレギュラーでした。今後も同じような大規模な事案が発生する可能性は大いにあり得る。それに適切に対応する為(ため)にも、クラン同士の連携、それによる成功実績をここで築いておきたかった。その上でその面子の中にどうしても加えておきたかったのがクラン『Ｂ．Ｅ．(バタフライエフェクト)』だった」

現状、覚醒者界隈(かいわい)は、価値観が違う覚醒者同士が所属クランという線引きによってナワバリ分けすることで、目立った衝突を避けるようにして偽世界(ぎせかい)事件にあたっている。

友好な関係を結ぶクランもいれば、周囲と敵対するクランもある。

比較的友好関係にあるのが『蒼森風夜(そうしんふうや)』と『フラフニ』。『Ｗａｌｈａｌｌａ(ヴァルハラ)』もカリバーン直轄ということで協力的なポジションにある。

逆に問題となっているのが、『Ｂ．Ｅ．』。そして他と関わりを持とうとしない『終極(ピリオド)』だ。

「俺が言うのもなんですが、『Ｂ．Ｅ．』は他からの評判がとにかく悪い。自己中心的で好き勝手やりたい放題。《覚醒者》になったばかりの新人が、先輩からの評判を聞いて『Ｂ．Ｅ．』を嫌悪するなんて当然だ。だが、最も実績と結果を出している最大勢力としてただ無視はできない。であるならば、まずその認識を変える必要がある。だからこそ今回の合同作戦に『Ｂ．Ｅ．』の参加は必須だった。多少、焔(ほむら)さんの無理難題を飲む形になったとしても」

その為の人員として、『Ｂ．Ｅ．』所属でありながら融通の利く俺たちチームＡｓｈ(アッシュ)が選ばれた。郁人(いくと)さんは別に、俺を活躍させたかったわけじゃない。今回の目的において一番都合の良い人選をしただけだ。

「まあその結果、この試みは半分成功、半分失敗って感じですかね」

どうにか、合同作戦は成功した、という終着に持っていけたが、内容を見れば『B．E．』イズム全開のチームKITEに、最後の最後まで引っ掻き回される形になったからだ。

結局、郁人さんの思惑を見抜いた焔さんの嫌がらせともいうべき一手は、焔さんが望んだ通り、『B．E．』の認識を変えることなく、その厄介さを周囲に再認識させる結果となった。

また、ついでなので気付いたことも幾つか並べておくことにする。

「参加者に新人が多かったのは、今回の合同作戦に、新人育成という側面があったからだとも思っています。ここからは推測も入りますけど、最初の調査段階でそれを務めた『Ｗａｌｌａ』のどなたかが、今回の特殊偽世界事件はイレギュラーケースではあるが基本的にはそれほど難しくない、と睨んだんじゃないかなと」

他に類を見ない４人の被害者を飲み込んだ広大な偽世界。だが逆に言えば、それだけ。

皆の視線がなんとなく志波さんに集まったのを見ると、誰が確認をし、誰が判断したのかは、なんとなく察することができる。

「特殊偽世界事件を体験させる、というのもそうですけど、どちらかというと『他のクランと連携する』意識を早い段階から定着させたかったんじゃないかなとも思っています」

正直、これもうまくいったか怪しい。チームKITE（カイト）の悪目立ち、それに登張（とばり）さんの『B．E．』（バタフライエフェクト）批判が強調される形になってしまったからだ。

「調査チームという保険はきちんとかかっていたと思います。調査チームの目的は、各チームの万が一の際のバックアップ。今回の合同作戦を確実に成功させるためのフォローといったところですかね」

計画終盤の調査チームの介入がこれにあたり、今回俺が立てて廻（めぐる）くんに教えた計画は、このケアがあると睨（にら）み、それ前提に組んでいた。

もちろん他の《覚醒者》には、調査チームが手助けしたこれら本当の理由を悟らせずに、自然に手助けに入ってもらったように見える流れを意識したうえでの話だ。

「それとまあ、他にもありそうですけど、それについては気付かないということにしておきます」

と、ここまでつらつら語った俺の話を聞いて、佐神（さがみ）さんがぽかんとしている。

「今のって自分で推測したのか？　郁人（いくと）さんにあらかじめ聞いていたとかじゃなく？　やっぱり優成（ゆうせい）に通っているヤツは頭いいんだな」

「それほどでもないですよ」

感心する佐神さんの隣で、なぜかドヤ顔の尾崎（おざき）先輩がそう答えた。

「いやでも実際すごいよ。被害者の子たちについてもそうだ。正直俺は、灰空（はいぞら）に言われるまでリストにいない子がいるなんて、全然気付けなかった。素直に感心したよ、記憶力がいいと、あんな即座に気付けるんだなって」

ただただ感心したと褒めてくれる佐神さんに、俺は微笑む。

「たまたま覚えていただけですよ」

そう嘘を吐く。

なんだかんだで皆が納得した様子の中、空海さんが口を開く。

「本題に入りましょう。灰空くんの指摘を受けて、事前に渡された資料を確認しました。確かに、今回助けた4人のうち、資料にない子が交じっていた」

つまり1人、足りていない——いや、1人行方不明であることが発覚していなかったのだ。

これについては郁人さんが報告する。

「資料になかった被害者の身元が先ほど判明しました。この塾に通っていた子です。彼女の家にウチのスタッフが確認に向かっていますが、おそらく家族が通報しなかったケースだと思われます」

その場にいた全員がそれで納得している。やはりキャリアのあるこのクラスの《覚醒者》になるとそういう場合があることを経験として知っているのだ。

偽世界事件の発覚において重要になるのは、結局のところ警察への通報や相談だ。

認知できない一般人からの日常における問題発生の報告。それがこの広い森浜市の中で、いつどこで発生するか分からない《偽世界》を探す足がかりになるのだ。

その中で殊更有用なのが、被害者となる若者の家族、特に親からの情報だ。

子供が帰ってこない。

警察へのそんな通報や相談が最も偽世界事件の発覚に繋がる。

だが、どこの家庭もそうであるとは限らない。

子供が数日帰ってこない——それを気にせず、なんとも思わない親もいるのだ。

その時、別のエージェントが部屋に入ってきて、郁人さんに紙の資料を手渡した。

ざっと目を通した郁人さんが、つまらなそうにため息を吐く。

「今、報告が来ました。予想通り、あまり良い家庭環境ではないようですね。加えて、どうやら彼女はイジメを受けていたようです。そして加害者は——見つかった3人と、まだ見つかっていないもう1人です」

本当に楽しくない話である。その場にいた《覚醒者》たちが不機嫌な表情を浮かべる中、郁人さんが道化師みたいな笑みを浮かべる。

「さて、いろいろ推測できそうな状況ですが、まずは目の前の問題を片付けましょう。あと1人助ければ、この特殊偽世界事件は片が付く。それが僕の見立てです」

「先ほど合同作戦の終了を宣言したということは、この件については、合同作戦に参加した4チームには教えず、やらせない、ということですね？」

空海さんの質問に、郁人さんが頷く。

「偽世界発生から日にちが経過し、白い花も咲き始めています。偽世界でも変異種が交じり始めていると報告を受けています。すでに難易度は上がり始めている。それに勝利を喜んだ後というのは、どうしても気が抜ける。まだ続きがあった、と気持ちを入れ替えてもらうのも大変ですから。……加えて今日はもう時間も遅い」

現在の時刻は20時を回ったところ。

「本番は明日とし、ここにいる皆さんに対応をお願いするつもりです。まあ問題はないでしょう。楽勝です」

随分と簡単に話しているが、この面子相手では当然と言えるだろう。

「ああ、ちなみに佐神くんはだめですよ。すぐに病院に戻ってくださいね」

郁人さんに指摘され、重傷という話だった佐神さんが「そういえば、なんだかめまいがしてきた」と額に手を当てる。それから、なんとも奇妙そうな表情を浮かべた。

「それにしても、もう1人被害者がいるなんて、気付きそうで気付かないもんだな」

「慣れない状況というのもあったでしょう。あらかじめ被害者は4人と言われていた。つまり『繭』も複数の4つ。なら4つ発見された時点でそれ以上調査することはない」

尾崎先輩の推測に、俺も頷く。

「4チームバラバラに動いていたのもアダになりましたね。情報共有もなく、そういう前提条件に対する疑問について意見交換する余地もなかった」

「要は、綺麗にすり抜けられたってことか。人間の思い込みっていうのは面白いもんだな」

そう佐神さんが笑い、他の面子も思い思いに喋っている。

その光景を見て、面白いものだと思った。

クランが違う者同士が普通に言葉を交わし、今後について建設的な話をする。

こういう場面を見ていると、考えさせられる。クランという垣根の意味はなんであるのかと。

でも逆に、焔さんが交じっていたらこんな素直に話はまとまらないだろうなとも思った。

郁人さんが、ぱんぱんと手を叩いて話をまとめる。

「ではこの延長戦は、明日の昼から取り掛かってもらいたいと思います」

すると遊佐さんが手を上げる。

「私パス。学校だから」

「僕も学業を優先させてもらいます」

尾崎先輩もこれに倣う。

「まあ平日の月曜日ですしね」

郁人さんは文句を言わない。他のメンツだけでも十分……というか下手をすれば、1人で十分だと思っているのだろう。

「灰空（はいぞら）はどうする？　ここでもう一つくらい手柄を上げておくか？」

志波（しば）さんにそう尋ねられたので肩をすくめる。

「これでも表向きは真面目な高校生のつもりなので学業を優先させてもらいますよ。というか、俺がついて行っても足手まといですしね」

そうおどけて見せると、皆が笑ってくれた。

だが内心、そんなことはないと評価してもらえているようで、悪い気分ではなかった。

「では本日はお疲れさまでした」

そうして解散となり、そそくさと塾を出る。

「……」

そのまま電車に乗り込み、自宅の最寄り駅に到着する。

「……」

周囲を見回し、しばらくぼーっとする。

そのままコンビニでコーヒーを買って、ちょっと一服。

「……」

ただただ時間が過ぎていくだけ。

「……おかしいな」

――結局、俺の予想に反して、献が出てくることはなかった。

狛芽献の過去回想2　『飛び降りた、その後で』

「ねぇ、狛芽さん。一緒に飛ばない？」

「いいですよ」


――あの日、廃病院の塔屋の上から、献は彼に手を引かれ、宙へと飛び出し落ちていった。

でも浮遊感はすぐに終わった。塔屋の縁の先には、屋上があったからだ。

彼が献の手を引き歩き出したのは、先ほどまで献が飛び降りようとしていた場所ではなく、自分たちが梯子を上ってきた隣だった。

高さで言えば、２階部分から地面に飛び降りるのとさほど変わらない。

もちろんそれでは死ぬなんてことはできない。

それでも、体が不調の彼にとってはかなり辛い衝撃だったらしく、屋上の上に倒れこみ、苦しそうにしている。

「……なんで？」

隣で倒れ蹲る彼に献は尋ねた。

聞かずにはいられなかった。

彼はなんとか上体を起こし、呆然とする献に向かってこう言った。

「やっぱり死にたくなくなったから」

「私は、死ぬつもりだった！」

嘘だった。

心のどこかでホッとしている自分がいた。

こうして生きているからこそ、叫んでいる。

こうして生きているから、彼に八つ当たりできている。

でも同時に怖かったのだ。

生きているのが怖いのだ。このまま生き続けなければいけないのが怖いのだ。

もしここで死んでいたら、きっと自分は幸せな結末を迎えられていたに違いない。

自殺しようか迷っていた直前、彼に出会えて、素敵な運命を感じながら、彼と一緒に綺麗に終わりを迎えることができたはずだ。

それが叶わなかった今、これから続くのは、今までとなんら変わらない、地獄のような日々だけだ。

ヒドイとさえ思った。希望を見せて突き放すなんて、こんな残酷な仕打ちはない。

そんな涙を流し震える献の手を彼はギュッと握った。

「死なせたくなかったから、狛芽さんを」

「どう……して？」

「今日は死にたくない、って思ってたみたいだったから」

彼は献の心を見透かすような言葉を口にした。

この時の献には驚きも疑問もなかった。ただ本音が零れた。

「……雪が降る日がよかったの」

生きるのが辛かった。だから死にたいと思っていた。

いつも考えていた。もし死んだらどうなるのか？

生まれ変われるなんて思えなかった。次の人生はうまくいくなんて微塵も思えなかった。

そんな物語のような奇跡は起きない。なぜなら今の自分は、誰かを恨んでしかいない醜い人間だったからだ。

自分にヒドイことをしてくる相手に対して「死ね」としか思っていない。誰も自分を助けてくれないことに対して「なんで？　どうして？」と恨みしか持てない。

そんな救いようのない心が汚い自分に、死ねば奇跡が起こるなんて、微塵も思えなかった。

自分は、ドス黒い感情がため込まれた醜い肉袋で、地面に叩きつけられて破裂したら、零れ出てくるのは、自分の内側にため込んでいた汚い感情だけ。

それが自分の最後の姿なんて、考えるだけでも嫌だった。

だから雪が降る日がいいと思ったのだ。

黒く歪んだ全てを、全て綺麗に覆い隠してくれると思ったから。

そんな心にため込んでいた感情を、彼に向かって、涙を流しながらただただ吐き出していた。

「じゃあ、やっぱり今日は死ぬにはよくない日だったんだよ」

彼はただ涙が零れる献の目元を、優しく拭ってくれた。

そして微笑みながらこう言った。

「でも、だからと言って今日が悪い日とは限らない。少なくとも俺はそう思っている。こうして狛芽さんと再会できたから」

それはどういう意味だろう？

この時の献には、それが分からなかった。だから別のことを尋ねた。

「灰空くんは生きるのが怖くないんですか？」

「怖いし、逃げ出したい。でも心の底じゃこのまま終わるのが嫌なんだ。悔しいから。大事な人を殺されて、何もかもを奪われて、俺自身こんな状態で。それで死んで何が変わる？　何も変わらない。むしろ俺から全てを奪った人間が喜ぶだけだ」

彼と繋（つな）いだままの手が再びギュッと握られる。そこから彼の感情が流れてくるようだ。

「正直、死にたいよ。全てを諦めたら楽なんだろうなと考えてもしまう。でも本当は覆したいんだ、全てを。俺から何もかもを奪ったヤツに復讐（ふくしゅう）したい」

彼は変わらず、今にも死にそうな外見をしている。でも言葉と気持ちと、その瞳からは得体の知れない迫力を感じた。

そして彼は言ったのだ。

「全てをやりとげたらさ、きっと幸せになれると思うんだ」

彼が口にした、「幸せ」という単語。

もちろん言葉は知っている。意味も分かっている。

それなのに、それがいったい何であり、どういったものなのか、献（こん）はピンと来なかった。

だからここで献はようやく理解した。

自分は幸せを知らないことに。

それがどんなものか分からない。でも手に入れる方法は漠然と分かっていた。

多くの物語の結末にある展開。全ての主人公たちが苦難を越えてたどり着く終着点。

——幸せになりましたとさ、めでたし、めでたし。

それがハッピーエンド。

漠然と思った。彼はそれを求めているのだろうと。そして同時に思った。

「私も、幸せになれますか？」

「なれるさ、きっと……でも自分1人じゃできない」

そして彼は献を見た。

「だから一緒にやらない？」

不思議だった。

もし独りだけだったら、そんなこと到底できるとは思えなかった。

そのはずなのに、自分独りではなく、こうして手を繋いだ誰かと一緒なら、やれるかもしれない。そう思えた。

――狛芽(こまめ)献が、彼と共に戦うことを決意した。

自身が思い描く結末(ハッピーエンド)を迎えるために。

4．狛芽献は鼻歌交じりに銃を手にする

気持ちがいい朝だ。

「～♪」

シャワーを浴びて身を清め、制服に腕を通した献は、朝食の支度に取り掛かる。

これでも料理は得意だ。彼の胃袋を掴みたくて、ずっと練習しているからだ。

一般的な和食メニュー。作り置きの物もあるが品数多く、特にお味噌汁には自信がある。

今日は朝から大仕事だ。急ぐ必要はあるが食事はきちんと摂っておく。

そうしていつもより早い時間に家を出た献は、イヤフォンで音楽を聴きながら気分を上げつつ、いつもの通学路を歩いていく。

好きな真田エリィの歌声を聞きながら駅へと向かい、まだ人の少ない電車に乗り込む。

そうして向かう先は、中央区。

ただ、学校には行かない。向かう先にあるのは塾である。

カリバーンのスタッフが駐在しているかと思ったが、その様子もなさそうだった。

であるならば当然、塾の扉は施錠されていた。

だが抜かりはない。事前に開錠に必要なカードキーをくすねておいたので侵入は簡単だ。

同じく事前に把握しておいた事務室へと向かい、塾内のセキュリティを解除する。

「～♪」

気分が良いと自然と鼻歌が零れてしまう。

見知った廊下進んでいき、自習室の扉を開ける。

そうして拍子抜けするくらいあっさりと、献は『綻び』の前に立った。

昨日、消滅するはずだった《偽世界(ぎせかい)》は今なおここにあり続けている。

理由は分かっている。

1人残っているからだ。

献は空間のひび割れに手を伸ばす。

もちろんCain(カイン)を使ったカリバーンへの偽世界侵入申請はしない。


『繭』の場所には、当たりがついていた。

被害者を救出した『繭』の位置に法則性があるように感じていた。4つであったから不規則に見えたが、もし5つであったのなら、それは違って見える。

《偽装》である狙撃銃(スナイパーライフル)を手にした献は《偽世界》の中を1人静かに移動し始める。

献の《偽装》には、《偽獣(ぎじゅう)》たちに極端に感知されにくいという特性が備えられている。

それは瑠宇(るう)から《偽装》を学び、そういう風に能力をデザインしたからだ。

献が他のメンバーから離れ、単独行動が可能なのは、特にこの能力に長(た)けているから。

《偽装》とはイメージの具現化であり、その能力はイメージの精密さに紐(ひも)づけされる。

日常において常に瑠宇を付け回している献にとって、気配を消して行動するのは息をするよりたやすいこと。

だからこそ、このステルス能力については、誰よりも優れているという自負がある。

まさに日頃の行いのたまものというやつだ。

目的地周辺に到着し周囲を見回すと、ビル前にたむろする《偽獣》たちを発見できた。

いつもなら、救出することを考え掃討するのが手順だが、今回それは必要ない。

見つからないように建物の中へと侵入し、そのまま中を進んでいく。

ほどなく白い糸で埋め尽くされた、『繭』の部屋を見つけた。

中央へと進み、ひときわ大きな塊の前で《偽装》をナイフに変えた献は『繭』の一部を裂き、中に入っている被害者の顔を確認する。

そして予想通りの相手にニヤリと笑う。

――灰空双葉。


「～♪」

嬉しいことがあると自然と鼻歌が零れてしまう。

《偽装》をナイフからスナイパーライフルに戻すと、献は踵を返す。

至近距離で撃たず、ある程度距離を取ってしっかりと威力の出る距離まで離れるのは、きちんと吹き飛ばすため。

どこを狙うかも、決めている。

腹部である。ただしくは胴体を吹き飛ばし、確実に息の根を止める。

そして頭だけは残す。

理由は単純だ。

きちんと灰空双葉が死んだことが分かるようにするためだ。

頭は現実世界に持ち帰り、写真を撮る。

あとはその辺に転がしておく。撮影が済めば、それは用済みの生ゴミだ。

どういう形で灰空双葉の死亡が伝わるか分からない。もしかしたらカリバーンの隠蔽工作があるかもしれない。だから母親と姉には献がきっちりと写真を送りつけるつもりだ。

そして誰かによって、肉親が無残に殺されたことを理解させる。

「〜♪」

奴ら(やつ)はどんな顔をするだろう？　想像しただけで、心の底から楽しくなってきた。

心なしか手にある《偽装》がいつもより軽い。今ならどんなに遠い的であっても外す気がしない。

「楽しそうだな」

その声に、献の鼻歌は止まった。

そして声を掛けてきた相手に、愛想笑いを浮かべる。

「おはようございます、瑠宇クン。こんな朝早くにこんな場所で何をしているんですか？」

「ストーカー行為」

なるほど、と思った。

「面白いよな。誰かを尾けるのに慣れている奴が、自分が尾けられるのには慣れてないのは」

「どうやら嬉しくて気が緩んでいたようです」

「逆に質問だ、献。そっちはこんなところで何をしているんだ？」

隠すつもりはない。

「見たままですよ。灰空双葉を殺そうとしています」

「なぜ？」

「私が殺したいからです」

「嘘を吐くな」

「嘘じゃないですよ。私が本気なのは、瑠宇クンなら分かるはずです」

心を盗み見れば分かるはずだ。自分が嘘偽りを口にしていないことなど。

「俺がやるならば分かる。でも献には理由がない」

「ありますよ。瑠宇クンのために殺したいと思っていますよ」

「俺は望んでいない」

「でもチャンスです。こんな機会、たぶんもうありません」

献は彼に向かって訴える。

「瑠宇クンのお父さんを殺した、第一容疑者はもちろん灰空有希。ですが、灰空一華も何かしら関与している可能性がある。両者の目的、その背景は不鮮明です。瑠宇クンも未だに確信めいた何かを引き出せてはいない」

「なら双葉は、無関係だ」

「はい。灰空双葉は、おそらく何も知りません。彼女はその件では無実でしょう」

「だったら……」

「だからここで殺しても問題ないと言っているんです」

微笑みながら、献は続ける。

「犯罪という尺度で罪はないかもしれない。ですが誰かを傷つけ貶めるという罪を、この子は散々してきている。仲間と共に誰かをイジメている。そして瑠宇クンに対しても、ヒドイことを何度もしてきた」

灰空双葉に対して湧き出る殺意が抑えられない。

「ここで死んだ方が世のため人のため、なんて言いません。コイツは餌です。灰空有希と灰空一華を揺さぶるための。流石に娘の1人が死ねば、あの毒婦も精神的に参るでしょう。その分ボロも出やすくなる。一華も何かしらのリアクションを起こすかもしれない」

「……」

「今の状況に変化を与える意味でも、ここでこのゴミを始末することにメリットしかありません」

「だが誰かを殺すのは、流石に色々とまずいだろう」

「そうですね。だから瑠宇クンはまだ手を出さないでください。カリバーンにバレてもいいように、私がこのゴミを殺します」

「言っただろ、俺が望んでいない」


「最後に自分の手で殺したいからですよね」


　彼は口を閉ざした。

「3年前の父親殺害の真相を暴き、全ての謎を明らかにして、全ての罪を白日の下に晒した上で、自分の手で3人を殺す——それが瑠宇クンの求める幸せ。私は応援しますし、後押しもします。だからその為にも、直接関係ないと分かったゴミは私が始末する。それで次の展開が始まる」

「でも献がいなくなる」

彼らしいズルい言い方だ。

だけど彼の言葉の真意を確かめようとは思わない。

「私がいなくても大丈夫です。私の出番はもう終わっていますから」

彼のための自分の出番は、もうとっくに終わっている。

中学3年の時に全て終わっているのだから。

「瑠宇クン、あの廃病院のことを覚えていますか」

「忘れるわけないだろ」

「私もです。今でも鮮明に覚えています」

だからこそ、後になって分かることもある。

「今思えば、私はあの日、『本当は死にたくなかった』んだと思います。辛い日常の中にあって、泣きたい気持ちを抱いていても、口では何を言っていても。結局のところは死ぬ勇気がなかった。それこそ誰かを理由にしないと死のうと思えなかったんです。瑠宇クンに誘われて、瑠宇クンと一緒ならと思うくらいでなければ」

そして彼を見る。

「でも瑠宇クンは逆だったんですよね。本当に『死にたかった』。全てを諦め死にたかった。だからあそこで待っていたんですよね。自殺しにくる人間を」

「……」

「私が来る前から待っていたんですよね、ずっと。熱いコーンポタージュの缶が冷め切るくらい、ずっと。自分が生きなければならない口実を作るために、死のうとする人間を止めて救うためにあそこにいたんですよね？　誰かを理由にしなければ生きようと思えない、それくらいあの時の瑠宇クンは絶望していたから」

「……」

「瑠宇クンにとって、あそこに現れるのは私じゃなくてもよかった」

彼にとって、あの時たまたまやってきたのが、自分だっただけ。つまり献は、その程度の気まぐれで彼に助けられたのだ。

「幻滅したか？」

笑った。心の底から笑った。

「まさか。だって瑠宇クンがいなかったら、私は今ここにいません。瑠宇クンに救われたから私はここにいるんです。瑠宇クンに利用された——私はそれがよかったし、それ以外の『もしも』なんていらない。今でもそう思っています」

だから献は伝える。

「だから私は瑠宇クンに願いを叶えてほしいんです。その為ならなんだってします」

求めてくれればこの体を捧げてもいい、どんな汚いことだってやる、人だって殺す。

なぜなら献は、あの日、廃病院の屋上で思い描いた結末の先に立っているからだ。

自分を貶めた人間すべてに復讐し、大切な人の隣に立っている。

多くの人間の人生を滅茶苦茶にし、世間的に大切にしなければならない絆も捨てて、それでも自分の幸せを求めて、ここに立っている。

今の自分は、自分が幸せになるためのバッドエンドの向こうにいる。

だから今度は、献が助けたいのだ。

彼が自分にそうしてくれたように、自分が彼にそうしたいのだ。

「それを俺は望んでいない」

知っている。

「なら命令してください」

「献、そいつは殺すな」

献は微笑んだ。

「嫌です」

彼はため息を吐く。

「俺がやることに干渉しない約束だよな？」

「私がやることに口出ししない約束ですよね？」

そう言って手にした銃を構えた。

「何を言っても無駄だな」

「ええ、何を言われても無駄ですね」

互いの視線が交わり、しばらく沈黙が流れた。

──始まりは一瞬だった。

献(こん)が即座に標的へ銃口を向けて引き金を引くと、狙撃銃(スナイパーライフル)が火を噴く。

だが発砲直前で、銃口があり得ない動きをして、狙いが勝手に逸(そ)れた。

銃口から飛び出した弾丸は標的から外れ、その後方の壁にめり込んだ。

理由はもちろん分かっている。灰空瑠宇(はいぞらるう)の《偽装》である黒い手袋が原因だ。

その《偽装》の射程圏内まで近づけてしまったのは失敗だった。

なら彼の妨害を躱(かわ)して殺すまでだ。

「できると思うのか？」

自分の心を盗み見た彼が、献に向かってそう言った。

だから献は、彼に向かってくすりと笑って言ってみせる。

「できますよ。だって私は瑠宇クンの天敵(ストーカー)ですから」

第五話

1. 瑠宇VS献

移動しながら献が狙撃銃を構える。

狙いは的確。銃口は寸分違わず標的に向けられている。そして即座に引き金が絞られる。

だが発砲音が鳴り響く直前、その銃身が唐突にずれ、銃口から発射された弾が標的の隣をすり抜けていく。

俺の両手に着けた《偽装》である黒い手袋は、離れた場所に自分の手の動きを一瞬だけ再現できる。

だからこそ、精密な動作が要求される狙撃を妨害するのにはうってつけだ。

タイミングを見計らい、ちょっと手を動してやればいいのだから。

献は俺から距離を取るように移動しながらも再び狙いを定める。

俺も追いかけるように距離を詰め、発射直前の銃身を再び逸らす。

三発目も『繭』の横をすり抜けるようにして、背後の壁を打ち抜いた。

この状況に、献は近くにあった窓ガラスを割り、そこから建物の外へと飛び出した。

標的殺害を諦めたわけではない。俺との間合いを取るためだ。

俺の能力の射程は30メートル。その中にいる限り、献の狙撃をほぼ確実に妨害できる。

一方で《偽世界(ぎせかい)》における献の狙撃の腕はかなりのものだ。《偽装》である狙撃銃で離れた狙いを正確に打ち抜く。

献の絶対命中距離(キリングレンジ)は正しくは分からない。ただ7、800メートルは固いと思っている。標的が建物内であるため射線は限定されるが、それでもその距離内であれば、献は標的を撃ち抜くことができる。

つまりこの勝負、献の射程圏内において、俺が献から30メートル離されたらほぼアウトである。

そんな派手なドンパチ騒ぎをしているのだ。

当然、《偽獣(ぎじゅう)》たちに気付かれる。

献に向かって何匹かが襲い掛かってくるも、献は銃口をそちらに向けて、《偽獣》たちの頭を撃ち抜き確実に沈めていく。

するとタイミングよく、反対側から飛び出してきた《偽獣》が献の背後から虚を衝(つ)いた。

だが飛び掛かろうとしていた《偽獣》は突如、空中で動きを止める。《偽装》の能力でその足を掴(つか)み、飛び掛かる勢いを殺したからだ。

これに合わせるように献がすかさず体を反転させて引き金を引き、空中で止まった《偽(ぎ)

獣》にトドメを刺す。

さらにその銃口は、俺に向けられ、即座に銃声が鳴り響く。

放たれた一撃は、俺に背後から襲い掛かろうとしていた《偽獣》の眉間を打ち抜いた。

そして邪魔者が黒い灰となって消えた瞬間、俺たちは再び追いかけっこを開始する。

奇妙な立ち回りだ。

互いに戦っているはずなのに、互いに襲い掛かろうとする《偽獣》の排除を優先する。

相手がそうするだろうと分かっているから。互いを理解し合っているからこそ成り立つ立ち回り。

そして互いを理解し合っているからこそ、決め手に欠ける膠着状態。

献の勝利条件は、俺を出し抜いて標的を殺すこと。

俺の勝利条件は、献を無力化して現実世界に連れて帰る。あるいは誰かがここにやってくるまで抑えることだ。

前者が理想で、後者が妥協。

可能であれば、穏便に済ませたかったからこそ、俺も侵入申請はしてこなかった。

昨日の話からして、昼前には空海さんと志波さんが来るはずだ。

それまでにはどうにかしたい。

……できれば、の話だが。

そんな俺の視線の先で、献が嗤った。

「瑠宇クン、楽しいですね」

ジッと見なくたって分かる。俺が献だけを見ているのが嬉しいのだ。

だから言ってやる。

「楽しくねぇよ、このアホが」

兎にも角にも膠着状態。決め手に欠ける展開だ。

何か変化のきっかけでもあれば……だが、この状況、そんなことは起こりえな……


『えっと、これってどういう状況？』


俺と献の目が同時に見開かれた。

オープンチャンネルから聞こえてきた第三者の声。

その聞き覚えのある声に、思わず、『穴』のある方へと目を向ける。

魔法の杖を胸に抱くようにして立つ雉子優良希が、すぐそこに立っていた。

2. 参戦、また参戦

近くの建物の屋上にポツンと立つ雉子優良希。

それはあまりにも想定外の登場だった。

咄嗟に耳元に手を伸ばし、通信機を通して尋ねる。

「雉子、なんでここにいる？」

『えっと、昨日の夜に真白ちゃんから連絡があって。もしかすると朝早くに今回の《偽世界》に瑠宇が入り込むかもしれないから、ちょっと見に行ってほしいって。……でも偽世界事件は片付いたしもうないでしょ、って言ったんだけど、まだあるかもしれないからって。……だから朝からこのビルの向かいにあるコーヒーショップでスパイごっこしていたら、建物に入る献先輩と瑠宇が見えて……』

明らかに混乱しているらしく、たどたどしく語る雉子。

その一方で、自分の脳内を様々な憶測が駆け巡る。

真白が？　なぜ？　双葉の顔は知らないはず？　いや、妃泉女学園で一華に写真を見せられた可能性がある。であれば最初に回ってきた合同作戦の資料から、俺や献同様に、双葉が被害者に交じっていたことに気付いていた？　なら、昨日の段階で俺たち同様、双葉が救出されていないことに気が付いた？　そして俺が双葉を狙う可能性を予見していた？

真白には、全てを伝えていない。だが頼んでいる一華への接触と情報収集から、俺の思惑を見抜いていてもおかしくはない。

それでも日常での線引きはできていてる。だから真白は、直接干渉してこない。本当に？　だからここに雉子を寄越（よこ）した。ルールの穴を突いて？

いや、まずはここにいる雉子だ。

どう説得する？　どうこちらに引き入れ——

僅か数秒の気の迷い。

それが決定的な後れを取る結果となった。

「雉子さん、瑠宇クンを止めます！　私に力を貸してください！　お願いします！」

目の前にいた献に先に動かれた。

真白の話に便乗する形で、献は雉子に対してただお願いした。

理由も提示しない。思惑も示さない。ただ助力を求めた。

『分かりました！』

だが狛芽（こまめ）献が雉子優良希を動かすには、それで十分だった。

俺とは違い理由など必要ない。ただそれだけで無条件に手を貸す。

それくらい雉子と献の２人は関係を築いていたらしい。

あの人見知りの雉子が。そしてあの献が。

なんだかちょっと嬉しい気分ではあるのだが、状況的には全く嬉しくない。

杖を振り上げた雉子が炎の球を生み出し飛ばしてくる。

こちらはただ逃げるしかない。だが、献の狙撃から意識は逸らさない。

標的を狙った瞬間、変わらず弾道を逸らす。

――その献の持つ狙撃銃の銃口が、こちらを向いた。

「！」

咄嗟に手を払い、ギリギリで狙いを逸らしたが、放たれた弾丸が俺の頬をかすめた。

これには雉子もビビったらしい。

『こ、献先輩、それで瑠宇を撃っちゃって……大丈夫ですか？』

「フレンドリーファイア対策をしているので、当たってもちょっと痛いだけです」

『ああ、なるほど！　それなら大丈夫ですね！』

銃を扱う大半の《覚醒者》たちは、間違って他の《覚醒者》を誤射してしまってもノーダメージになるように、銃弾にフレンドリーファイア対策のイメージ構築を施している。

だから普通は《偽装》の銃で撃たれても痛みを感じることはない。

ただ献の場合は違う。献はフレンドリーファイア対策の弾丸とは別に、対人想定の鎮圧弾を使い分けることができるからだ。

献は「ちょっと痛い」と言っているが、正確には「死ぬほど痛い」。食らった後に地面をのたうち回り「はすはす」としか言えなくなる。

なんでそれを知っているかといえば、食らったことがあるからだ。というか、「そうできるようにしておけ」と教えたのが俺だからだ。

万が一《偽世界(ぎせかい)》で他の《覚醒者》に絡まれても、自分の身を守れるようにと。

献の狙いは明確だ。雉子の介入を受けて作戦を変えたのだ。

まずは俺を確実に無力化するつもりなのだろう。

雉子の参戦で形勢は一気に傾いた。

『狙撃する、させない』の拮抗(きっこう)状態から、『狩る、狩られる』の追われる状況になったのだ。

ただ唯一救いがあるとすれば、献が雉子の見える場所で、双葉(ふたば)を殺すつもりがなさそうということだ。

どんどん『繭』から離れるような誘導と、先ほどから献が雉子に対して飛ばす指示を聞いていれば分かる。

おそらくこのまま『繭』から距離を取り、良いところで雉子に俺の相手を任せた上で、こっそり始末しにいくつもりなのだろう。

狙いは分かった。だが現状どうしようもない。

「瑠宇、覚悟！」

献にお願いされて、人見知り魔法使いが「むふーっ」とヤル気になっている。

マズイ、マズイ、マズイ。

2人の攻撃をなんとかさばいているが、捕まるのは時間の問題だ。

『そこまでだ！』


オープンチャンネルで飛んできた声に、俺たちはビクリとする。

そして周囲に視線を巡らせ、こちらの様子を窺う2人の姿を捉えた。

空海蒼と志波安悟。

『蒼森風夜』のクランマスターと『Walhalla』第一席が突如、姿を現したのだ。

なんで？　まだ昼には早すぎる時間……。

そこで俺は「はっ」となった。献も同じだったのだろう。

「優良希さん、もしかして、『Cain』で偽世界侵入申請をしてきていますか？」

「えっ？　はい、普通にしましたけど？」

どうやら俺との約束をしっかりと守っていたらしい。言いつけを守れるいい子である。

ならこの状況は理解できる。

最後の被害者救出の為の準備をしていた空海さんたち2人は、予期せぬ雉子の偽世界侵入申請を受けて、慌ててやってきたのだろう。

こうなれば、今度はこちらの番である。

『空海さん、志波さん。事情は後で説明します。献たちを拘束するのを手伝ってください』

雉子に対して献がそうであったように、俺の言葉は2人を動かすには十分だった。

2人が即座に呼応する。

空海さんが《偽装》である両手剣を構え、志波さんも《偽装》である二丁拳銃を手にする。

2人の動きは速かった。俺の動きに合わせるように、献と雉子との距離をあっという間に詰める。

こうなると戸惑うのは雉子だ。ただ献にお願いされただけで、状況が理解できていない。

「雉子くん。大人しくするんだ！」

加えて、空海さんは以前お世話になった『蒼森風夜』のクランマスターであり、その一喝するような言葉の迫力に、従うように動けなくなってしまう。

雉子は空海さんに任せておけば大丈夫だろう。

あとは焦って逃げる献だけである。

俺と志波さんが距離を詰める中、想定外の展開を前に、ただ距離を取るように逃げるだけ。

『灰空（はいぞら）、拘束は任せた。俺の《偽装》はフレンドリーファイア仕様がないからな』

志波(しば)さんは覚醒者歴5年の第三世代最初期と言われる世代で、《偽装》のスタイルも第三世代のトレンドとは少し違う。

以前に「俺はオールドスタイルなんだ」と冗談交じりに話してくれていたのを覚えている。

当然、フレンドリーファイア対策という新しい発想も概念も取り入れていない。

献(こん)は迷った挙句、志波さんを狙い発砲する。だがその弾丸は、当たると思われた直前で、簡単に避(よ)けられる。

「あぶないあぶない」

言葉とは裏腹に軽快に笑う志波さんには、狙撃銃(スナイパーライフル)から発射される弾丸が見えているのだ。

純粋に俺たちとは《覚醒者》としての強さのレベルの桁が違う。

逃げる献と追いかける俺と志波さん。

そんな俺たちに横から《偽獣(ぎじゅう)》の群れが襲い掛かってきた。しかも黒い灰を纏(まと)った《変異種》だ。

「邪魔」

志波さんが手にした拳銃を発砲。それが何匹かの《偽獣》たちに撃ち込まれる。

貫くわけでもなく、爆発もしない。ただ放たれた弾丸は《偽獣》たちの体にめり込んだ。

それだけ。そうそれだけで十分だった。

志波さんの弾丸を撃ち込まれた《偽獣》は、不意に動きが悪くなり、そして次々と地面に倒れ、妙な痙攣を起こし始める。

毒に感染したのだ。

ただ殺すならそれでいい。だが志波安悟の《偽装》はここからが真骨頂。

「それじゃ、俺の代わりに働いてくれよ」

志波さんの声に反応するかのように、地面に倒れていた《偽獣》たちがゆっくりと起き上がる。そして毒により体中を紫色に変色させた《偽獣》たちは、まだ無傷のかつての仲間に向かって、何の躊躇もなく襲い掛かる。

そこから始まったのは凄惨な同士討ちだった。

「《偽獣》を排除するのに殺す必要なんてない。むしろ有効利用しないとな」

《偽世界》において《偽獣》は際限なく湧いてくる。

それを全て殺しつくそうとするのはナンセンス。だからこちらの駒にしてしまえばいい。

紫色に暴走した仲間に噛みつかれた《偽獣》もまた、のたうち回り、傷口から紫色に染まっていく。そして別の正常な《偽獣》を襲い始めた。

志波安悟の《偽装》における限定解放——『感染猛毒』と『強制隷属』。

その弾丸を撃ち込まれた《偽獣》たちは、まるでゾンビのように仲間に襲い掛かる。

敵が多ければ多いほど自らが操る手駒を増やすことができ、敵が強ければ強いほど自らに従う強力な手駒を生み出せる。

対偽世界(ぎせかい)攻略のスペシャリスト。それが『Walhalla(ヴァルハラ)』の第一席・志波安悟(しばあんご)である。

「これで《偽獣(じやまもの)》は茶々を入れてこない」

志波さんが《偽獣(ぎじゆう)》を排除する中、距離を詰めようとした俺を嫌った献(こん)が、志波さんの方へと突っ込んでいく。

そして狙撃銃(スナイパーライフル)を鈍器のように振り上げ、志波さんに振り下ろす。

焦った上での行動だったのだろう。

当然、志波さんに軽くいなされる。

そして「やれやれ」といった感じの志波さんが、仕方なさそうに右手の拳銃を振り上げた。

「ちょっと痛いが我慢してくれ」

振り下ろす拳銃のグリップで献を殴りつける。

苦悶(くもん)の表情を浮かべ、献が地面に転がった。

多少手荒だが、当然の対処。十分に手を抜いているのは見て分かった。

だが、そう思わなかったヤツが1人いた。

「なにやってんのよ！」

雉子優良希である。

――そして《偽世界》が震えた。

3．天才魔法少女の新魔法？

雉子は空海さんと対峙する中で見てしまったのだろう。

志波さんに殴られ倒れる献の姿を。

「なにやってんのよ！」

激高した雉子が怒り任せに吠えた、次の瞬間。

――まるでその怒りに呼応するかのように《偽世界》が震えた気がした。

「！　なんだ⁉」

それだけではない。周囲から《偽獣》たちの吠える声が響き始める。

この異常事態に周囲を警戒しつつも、俺と志波さん、そして空海さんの視線は、雉子に集まっていた。

雉子は志波さんを睨みつけながら、右手に持った魔法の杖を高々と掲げた。

地面が……いや《偽世界》自体が揺れ始める。

そしてそれは起こった。

「なんだ、あれは？」

建物が倒壊し始め、地面に亀裂が走る中、何か大きなモノがその姿を現した。

それは《偽獣》、巨大な《偽獣》だった。

羽を広げ咆哮したのは、竜を思わせる《偽獣》。

それが突如として出現したのだ。

そんな巨竜を背後に控えさせた雉子が吠える。

「絶対に許さない！」

雉子が、志波さんに襲い掛かろうとする。

「待つんだ、雉子くん！」

その行く道を遮ったのは空海さんだった。

「邪魔しないでください、空海さん！　私はあの人を許せません！」

「覚醒者同士の私闘が禁止なのは知ってるだろ？　ここは冷静に……」

「そんなの知ったことか！」

まるでその言葉に反応するように巨竜が空海さんに突進し、空海さんを撥ね飛ばす。

巨竜の動きは間違いなく雉子に呼応している。

《偽獣》を手なづけている？　いや《偽獣》自体を生み出した？

パッと浮かんだのは『召喚魔法』という概念だった。

魔法によって呼び出した異界の化け物を操る召喚士。

今の雉子の姿は、それを連想させた。

巨竜の体当たりで吹っ飛ばされた空海さんだったが、宙で体勢を立て直し、砂煙を上げながら足から地面に着地する。

見た目には派手だったが、ほぼ無傷のようだ。

剣を構える空海さんに向かって雉子が言う。

「空海さん。私は《蒼森風夜》は凄くいいクランだって知ってます。みんな志が高くて、正義のために戦っていて。でもルールがあるからって、自分の大事な人を傷つけられて何もしないなんて、私にはできません」

そしてこう締めくくった。

「すみません。やっぱり私『B・E・』の《覚醒者》みたいです。自分勝手でわがままにしか頑張れません」

その言葉に合わせて巨大な《偽獣》が空海さんに向かって再び突っ込んでいく。

「残念だよ」

空海さんが手にした《偽装》の大剣が光を放ち始めたのはその直後だった。

そして高々と掲げられた光を放つ大剣が、一気に振り下ろされる。

一撃、たった一撃だった。

刀身から放たれた光の斬撃が、突っ込んできた巨竜を真正面から真っ二つにした。

体を縦に切り裂かれた巨竜は、その場に崩れ落ち、黒い灰になっていく。

その光景に、雉子が目を見開いている。

空海蒼が手にした大剣は、当然見たことがあったのだろう。

だがその大剣の真の力を目にするのは初めてだったのかもしれない。

空海蒼の手にする《偽装》は、聖剣と呼ばれている。

光り輝く闘気を放ち、全ての邪悪を両断する。使い手である空海さんをも包むその闘気に触れただけで、《偽獣》たちはその身を焼かれ、やがて消滅する。

まさに邪を払う聖なる光である。

「なら僕は僕の信じる正義のために、君を止めるしかない」

空海さんが聖剣の切っ先を雉子に向け、雉子も緊張した面持ちで身構える。

『眠いこと言ってんじゃねぇよ。クソ真面目が』

だが新たに聞こえてきた声に、両者の顔が驚きに変わる。

それは見ていた俺も同じだった。

ほんのすぐ傍、2人を見下ろすその場所に、深紅の刺突剣を手にした真鏡焔が立っていた。

『最後くらい顔出してやろうと思ったら、随分と盛り上がっているみたいだな』

ニヤリと嗤(わら)った焔さんの姿がフッと消える。

否、高速で移動し、空海さんの頭上に、その姿が現れた。

振り下ろされるのは、『劫火(ごうか)』を纏(まと)う刺突剣。

だがその炎も、空海さんが纏う闘気に防がれ、届かない。

「無駄だよ、真鏡さん」

「無駄でいいんだよ。今の私の役割は、素敵な台詞(せりふ)を吐いた下っ端に道を作ってやることだからな」

そして焔さんが、雉子を見る。

「ほらっ、さっさと、あそこのムカつく馬鹿に一発かましてこい」

「でも……」

「さっきテメェが言ったんだろ？　自分は『B．E．(バタフライエフェクト)』の《覚醒者》だって。ウチのルールを知らないとは言わせないぞ。『B．E．』のルールはただ1つだ」

そこで雉子がハッとする。

「クランマスターの命令は絶対です！」

「そういうことだ。分かったらさっさと行け」

焔さんのニヒルな笑みに後押しされるように、雉子が一気に走り出す。

「行かせるか！」

追いかけようとした空海さん。だがその進む先を深紅の炎がさえぎる。

「空気読めって、空海。テメェの相手は私だ」

建物の上を飛びながら、こちらに向かってくる雉子を前に、志波さんは「どうしたものか」と頭を掻いている。

「仕方ない。逃げるか」

何を思ったのか志波さんが背中を見せて逃げ出した。

「逃がすか！」

怒りで叫ぶ雉子が、手にした魔法の杖を振りかざした。

そして再び偽世界が震える。

「おいおいマジかよ」

志波さんだけでなく、そこに居合わせた《覚醒者》全員が宙を見上げ驚愕した。

突如上空に、無数の岩石が現れていたのだ。

それらが一斉に志波さんがいる周辺へと降り注ぐ。

それはまさに『流星群』だった。

降り注ぐ流星は次々と建物を破壊し、辺り一面を吹き飛ばし始める。

これにはたまらないと思ったらしい志波さんが、降り注ぐ流星を避けて上空へと飛び上がる。

「こりゃ凄い」

眼下に広がる光景を前に、冷や汗と共に口角を上げる志波さん。

その顔がハッとなり、さらに上空へと向けられる。

そこには、背中から天使のように翼を広げ、杖を振りかぶる雉子の姿があった。


「私の大切な先輩になにしてくれてんだ、こんちくしょー！」


振り下ろされた杖をもろにくらい、志波さんが地面に叩きつけられ、動かなくなった。

「よっしゃ！」

勝利の雄叫びを上げてバンザイしている天使な雉子。

その姿とは裏腹ないつもの様子に、思わず苦笑してしまう。

——それはそ・い・つも同じだったのだろう。

「もういいのか？」

殴り倒されながらも、全員の隙を見て、密かに目的遂行のために移動しようとしていた献もまた、空を飛び回る雉子を見上げ足を止めてしまっている。

「ズルい質問ですね、瑠宇クン。あんな風に言ってくれる優良希さんがいるところで、悪いことなんてできませんよ」

恨めしそうに睨む献は、すっかり毒気を抜かれたように動こうとしなかった。

「そいつはよかった。おかげで必殺の言葉を言わずに済んだ」

「もし私がごねたら、何を言うつもりだったんですか？」

「献がいなくなると困るんだよ。雉子を助ける奴がいなくなるからな」

すると献が、分かりやすく頰を膨らませた。

「瑠宇クンって本当に昔からズルいですよね」

「知らなかったか？」

「知ってますよ、誰よりちゃんと」

4．悪いことをした奴は捕まる

「色々と事情を整理したいところだが、とりあえず先にこの《偽世界》を片付けるとするか」

そう話す志波さんは、普通にピンピンしていた。

正確には雉子にぶん殴られた頰が思いっきり赤くなっているのだが、それでもなんともないといった感じだ。

双葉が捕らえられている『繭』の前に集まっているのは、6人。

志波安悟、空海蒼、真鏡焔。

そして俺たち、チームAshの3人。ちなみに雉子は献の腕に抱き着き、志波さんに対して目で思いっきり威嚇している。

そんな中で、志波さんが口にした提案に反対する人間はいるわけもなく。

というわけで、俺は雉子に命令する。

「雉子、現実に戻って『被害者の救出を始める』ってカリバーンに連絡してきてくれ」

「えっ、私が行くの？」

「面子を考えろ。それともお前は、焔さんや空海さんを顎で使うつもりか？」

先ほどの件もあり、どうにも居心地が悪そうな雉子が献の背中に隠れる。

「いや、そんなつもりはないけど……」

「あー分かったよ。そんなに1人が嫌なら焔さんについて行ってもらおう。すみません、焔さん……」

「いい！　1人で大丈夫です！　速攻で行ってきます！」

そう承諾した雉子は、1人そそくさと『繭』の部屋を出て行った。

そんな俺たちの様子を見ていた志波さんが、焔さんに向かってニヤリと笑う。

「怖がられているな」

「うっせぇ。安悟こそ随分と素直に殴られたじゃねぇか。テメェなら雉子相手でも適当にあしらえたはずだ」

「勘弁してくれよ。女の子相手に手を上げるのは趣味じゃないんだ。一度ならず二度までもやるのは、さすがに俺の心が耐えきれない」

「素直に雉子が何をできるのかを見ておきたかったって言ったらどうだ？」

睨む焔さんに、安悟さんは肩をすくめるだけで黙秘を決め込んだ。

「真鏡さんこそ、どうしてここに？」

空海さんの質問に焔さんが頭を掻く。

「郁人から連絡があったんだよ。雉子が件の《偽世界》に勝手に入り込んでいるって。だから雉子の保護者に連絡したが返事がない。仕方ないからこうして出張ってきたわけだ。……それにしても、まさかその保護者が申請なしに同じ《偽世界》に入っているとはな」

どうやら俺のことらしい。

「というわけで灰空。暇つぶしに、お前たちがここにいる理由を教えろ」

クランマスターにそう言われてしまっては仕方ない。

「分かりました」

そろそろ雉子が現実世界に出たタイミングだろう。

「空海さん。献が下手なことをしないように見張っていてください」

「？　ああ、任せてくれ」

今回の一件、献に何かしら原因があると思っている空海さんはそう快諾してくれた。そのまま献の隣に立ち、その肩に押さえるように手を置く。

そして俺は1人、『繭』の前に立つ。

『繭』の隙間からは、眠っている被害者の顔が見えている。

灰空双葉が目を閉じている。

さて始めるか。

──気配で分かった。献が動こうとしたことが。それを空海さんが慌てて止めようとし、志波さんと焔さんが献に目を向けたことが。

だから俺は右手を前に出す。

「誰か！　瑠宇クンを止めて！」

その場にいた全員が、俺の方を振り向く。

俺の右手に現れたのは拳銃。

自らのイメージを元に生み出したこの《偽装》に、フレンドリーファイア対策はない。

それは純粋に誰かを殺せる拳銃だ。

《偽装》を手にした《覚醒者》であれば、防げただろう。

でも銃口を向ける標的は《偽装》なんて使えない、単なる被害者だ。

パン！

軽い音が鳴り響く。

銃声と共に放たれた銃弾は、灰空双葉の眉間を撃ち抜いた。

献が息を飲んだのが分かった。

俺はただじっと、事の成り行きを見守っていた。

そして小さなため息を吐いた。


「やっぱりダメか」


間違いなく、灰空双葉の額には《偽装》による弾丸で穴が空いた。

だが直後、まるで時間が巻き戻るように、その穴が塞がっていく。

やがて何事もなかったかのように灰空双葉の額は綺麗に元通りになっていた。

「……」

この事実に、献は驚愕していた。

正確にはこの事実に献以外の誰も驚いていなかった。

「灰空、説明しろ」

一段声が低くなった焔さんの問いかけに、俺は肩をすくめてみせる。

「いえ。ちょっと《偽世界》で被害者殺したらどうなるかと思って試したんですけど、やっぱりダメでしたね」

そう笑う俺のことを献が見てくる。「知っていたのか」と、目で訴えかけてくる。

一方で、他の3人の視線の意味は献とは違った。

被害者を《偽世界》で殺すことはできないという事実を知っていた者たちは、別の視線を向けてきていた。

だから俺は逆に尋ねる。

「驚かないってことは、やっぱり皆さんは知っていたってことですよね」

それは周知の事実ではない。むしろ知られるべきではない真実。

それでも長く《覚醒者》をやっていれば気付く可能性がある。

被害者救出の際に起こる不慮の事故。それにより驚愕の真実を知ってしまう。

今ほど体制が整っていない第三世代初期から《覚醒者》として活動していた3人は、それを目の当たりにしたことがあったのかもしれない。

その上でそれを新しい《覚醒者》たちに伏せている。

空海さんと志波さんだけでなく、焔さんですら。

そんな緊迫した空気感をぶち壊すように緩い声が無線から響いてくる。

『瑠宇、聞こえる？　なんか住ノ江さんがもうスタンバイしていて、さっさと戻ってこいだって。……ちょっと聞いてる？』

のんきな雉子の声に、俺は「了解」と答えて、その場にいた面子を見回す。

「とりあえず、やることやって現実に戻りましょうか。お咎めはそのあとで」

これだけの《覚醒者》が揃っているのだから、その後の展開は当然の結末だった。

《警戒音》が鳴り響く通常よりも巨大な《偽世界》の中、変異種も交じった《偽獣》たちの猛攻も意に介さず、俺たちはなんなく最後の被害者である灰空双葉を無事に救出した。

——現実世界へと戻り、殿だった志波さんが帰還した直後。

自習室にあった空間のヒビは、これまで同様、割れたガラスが直っていくように閉じていき、完全にその口を閉じた。

スマホを取り出し、Ｃａｉｎのトップページを確認すると、『５６・２１３％』と表記されていた『崩壊指数』は、その数値を大きく下げ『４５・０９８％』となっていた。

それはすなわち、今回発生した巨大偽世界が完全に消滅したことを意味していた。

救護スタッフが双葉を搬送していく中、志波さんが郁人さんに何かを話している。

それを聞いた郁人さんが、こちらを向いていつも通りの胡散臭い笑みを浮かべた。

「灰空くん。ちょっとついてきてもらえますか？」

郁人さんが手を上げると同時に、別のエージェント２人が俺の両脇に立つ。

「もちろんです」

逆らうつもりはない。……いや、逆らえるわけがない。

なにせ俺は日常では、なんの力も持たない、ただの子供なのだから。

献は真っ青な表情で連れていかれる俺を黙って見送り、その隣では「えっ？　なに？　なに？」といった表情の雉子が、俺と献の顔を交互に見ていた。

――そうして俺こと灰空瑠宇は、秘密結社に拘束された。

5．かつて口にした願い

「どうしてあんなことをしたんですか？」

鉄格子の向こう側に立つ献が、両手に手錠をされた俺に向かってそう尋ねてきた。

中央区にあるカリバーンの本部ビルの地下。そこにある牢屋に俺は放り込まれていた。

スマホも取り上げられたので正確な時間は分からないが、俺が拘束されてからおそらく5時間くらいが経過していると思われる。

その間、ピエロなエージェントに事情聴取を受けて「かつ丼が食べたい」と駄々を捏ねたらハンバーガーが届いたり、強面エージェントにくだらないジョークを言ったら手錠を掛けられたり、ニコニコお姉さんの質問にのらりくらりと答えたら人体の急所に指をねじ込まれるという拷問プレイを受けたりと、それなりに退屈しない時間を過ごすことができていた。

そうして一通りの事情聴取が終わった俺は、お誂え向きの牢屋に放り込まれた。

そこに面会者としてやってきたのが献だった。

「よくここまで来られたな」

「住ノ江さんが声を掛けてくれました」

「……変な要求されなかっただろうな？」

「瑠宇クンが心配するような要求はありません。ただ『気持ちの整理をつけなさい』と言われました」

流石というかなんというか、事情聴取では適当な理由を並べたが、あの人には全てバレているようだ。

「瑠宇クン、もう一度聞きます。どうしてあんなことをしたんですか？」

「《偽世界(ぎせかい)》で双葉(ふたば)を殺せば、死体も出ない。それを考えたら絶好の好機だった」

「そんなことを聞いていないことくらい、分かりますよね？」

今回の出来事について郁人(いくと)さんに事情聴取された際に、素直に答えておいた。

俺が双葉を殺そうとして、献(こん)がそれを止めようとしたと。

それが気に入らなかったらしい。

「実は逆でした、とでも言ったのか？　聞き入れられないだろ普通。なにせ動機が不十分だ。明確に殺したい理由がある俺と違ってな」

「私の代わりに罪を被(かぶ)るつもりですか？」

「そもそも罪にはならないだろう。なにせ双葉は死んでいないんだから」

そう双葉は死んでいない。いや、殺せていない。

「知ってたんですよね。最初から」

被害者が《偽世界》で傷つき死ぬことがないというのは、話には聞いていた。だが当然試したことなんてなかったし、正直半信半疑ではあった。それでも……

「……実際にそうじゃなくてもいいと思った。これで殺してもいいと思った。理由はあの時、献が言った通りだ。餌として使えるからな。だから撃った。それだけだ」

ガン、と大きな音が響く。

献が鉄格子を拳で叩(たた)いたのだ。

「……痛くないか？」

「痛いです。でもそんなことはどうでもいいんです」

そして献が俺を睨む。

「……そんなに私は邪魔ですか。瑠宇クンにとって、私はいない方がいいですか？」

その瞳から涙が零れる。

「私は、こんなことがしたいんじゃない……。私は瑠宇クンに幸せになってほしいだけなのに……」

顔を伏せ、声を震わせる献。

そんな彼女を目の前にして、俺は手錠で繋がれた右手で自分の首元に触れた。

「あー、献。不躾な頼みだがいいだろうか？」

「……なん、ですか？」

「手を握ってほしいんだが」

すると献が涙を浮かべる顔を上げて、むすっとした。

「随分と身勝手ですね。私が言ってもしてくれないのに」

「そうだよ。俺は身勝手なんだ。だからこんな時でも、平気で自分がやりたいようにする」

そうして俺は、手錠で繋がれた手を前に出す。

献はその手を見て、鉄格子の隙間からこちらに向かって手を伸ばし、俺の右手の指を少しだけ掴んだ。

互いの視線は繋いだ手に向けられ、目の前の相手の表情は見ない。

「なあ献。どうして献がいなくなって、俺が幸せだと思うんだ？　献が普通でいてくれることが、俺が頑張ってきた証拠なんだ。献がいてくれるから俺は前だけ向いていられる。自分は何かやり残せたと笑顔で結末に向かって歩いていけるんだ」

俺は、自分の行いで幸せにしてあげられたと思っている人間が2人いる。

1人は、死んだ母さんで、もう1人が、ここにいる献だ。

まあ母さんを最高に幸せにしたのは父さんで、俺はちょっと手伝いをしただけだ。

だから俺が1人で幸せにできたのは献だけだと思っている。

でも中学生だった俺のやり方は最悪だった。

献は自身の幸せの代償として多くのものを失った。

普通に考えれば、それはハッピーエンドなどではない、ただのバッドエンドだった。

今でも時折考えることがある。もっと別の方法があったんじゃないかと。

自分に力があれば、自分にもっと知識があれば、自分にもっと選択肢があれば。

そんな俺の疑問を晴らしてくれるのは結局、目の前にいる献の存在だ。

「献、俺が前に言った言葉、覚えているか？」

いつの話かは言わない。それで伝わると都合よく思っているからだ。

献(こん)は言った。

「『俺の前ではいつも笑顔でいてほしい』」

やっぱりちゃんと伝わっていたと思いながら俺は頷(うなず)く。

そんな俺に献は言う。

「だからちゃんといつも笑顔ですよ」

「笑顔でとんでないことばっかり言うけどな」

「でも作り笑いじゃありません。瑠宇(るう)クンがいるから、私はいつでも笑顔なんです」

「そうか」

「約束は……守ってますよ」

「これからも守ってくれるか？」

――顔を上げると献は微(かす)かに笑っていて、目の前の俺にだけ届くくらいの小さな声で、
そっと囁(ささや)いた。

そうして俺たちは手を離した。

もう大丈夫だと思ったから。

自分で自分の涙を拭った献は、いつもの表情に戻る。

そして俺に尋ねてくる。

「それで瑠宇クンはこの後、どうなってしまうんですか？」

「正直、ここが運命の分かれ道だが、まあなんとかなるんじゃないか？」

もしあの人にとって、俺が使える人間ならば、ここで見捨てはしないでくれるはずだ。

6．灰空瑠宇の処遇について

「というわけで、僕は灰空くんの無罪を主張します」

カリバーン本部ビル内で行われているエージェントたちによる定例会議において、住ノ江郁人はにこやかに、そう宣言した。

今回の定例会議の議題は、先の合同作戦における結果報告の予定だった。

そこに急遽、《偽世界》で問題行動を起こした灰空瑠宇の処遇について、話し合いが行われることになったのである。

《偽世界》においての被害者への暴行……否、殺害未遂。

それは許されることではない。

《偽世界》で被害者は負傷しない。正確には負傷しても間を置かず修復が始まり、即座に完治する。

そのことについては当然、元覚醒者で構成されるカリバーンエージェントたちは知っているし、その理由についても分かっている。

だがこれについて、現場で戦う第三世代覚醒者たちに伝えてはいない。

それは、救出するべき被害者に対しての非人道的な扱いを懸念してだ。

自分たちが助けるべき被害者が《偽世界(ぎせかい)》で死なないと知った時、その扱いがどのように変わるか？

助けるべき相手が、自分と同じ傷つけば血を流す弱い人間であるから、節度を持って接する。だが何をしても傷つかない、どんなことをしてもすぐ治る、何をしても文句を言われない――そんな『モノ』となれば話は違ってくる。

当然、そんな《覚醒者》ばかりではないだろう。

だがその場に居合わせる大人(エージェント)たちは、全員が身をもって理解している。

人間とは、どこまでも残酷になれる生き物であることを。

だからこそ、元覚醒者たちはこの情報を公にするつもりはない。第三世代でこの事実を知る一部の《覚醒者》たちも同意見。あの真鏡焔(まかがみほむら)ですら、これには賛同している。

――だが、これから先は分からない。

《覚醒者》たちが増え続ける中で、それがいつ明るみに出て、どう認識が変わるか想像できない。

最悪の展開になったとしても、《偽世界》に介入できなくなった大人たちに、その非道を止める術はない。

——《偽世界》には《覚醒者》たちだけしか入れないから。

だからこそ、一部情報を公開し、ここで厳しい処罰を科すという前例を作るべきだ、という意見も出ていた。

だが郁人はこれを頭ごなしに突っぱね、灰空瑠宇の完全無罪を主張した。

案の定、大ブーイングが起こった。

「そんな道理が通わけないだろう」

「冗談は顔だけにしろ」

「だいたいテメェはいつも言うことが無茶苦茶なんだよ」

「金返せ」

「ハゲ」

便乗してよく分からない罵詈雑言まで飛んでくる始末。あとハゲてはいない。

郁人は面倒な気分になってきた。

体裁を取り繕うのも馬鹿らしくなってきた。

だから、本音で語ることにした。

「正直、モラルとかどうでもいいんですよね」

郁人（いくと）の一言で、その場は静まり返った。

「彼は彼なりの理由で凶行に及んだ。それを僕は理解していますし、正直ここにいる何名かも分かっているはずだ。でも罪に問う理由は？　倫理？　道徳？　馬鹿らしい。そういうのは日常でやっていてください」

不機嫌そうに周囲へ嘲笑を向ける郁人は、スッと右手の人差し指を立てる。

「焦点はただ一つ。灰空瑠宇（はいぞらるう）という《覚醒者》が、僕たちカリバーンにとって有益か否か。判断基準はそれだけだ。そして僕は、彼が我々にとって非常に有益な駒であると評価しています。ですから、そんな馬鹿らしい理由で、彼を切るなんてありえないんですよね」

再び起こる大ブーイング。今度はペットボトルまで飛んできた。

どうやら仲間（こいつら）たちはまだ、彼の有用性が分かっていないらしい。

仕方ないので、住ノ江（すみのえ）郁人は仲間たちに伏せていた情報を公開する。

「結論から言うと、灰空瑠宇は従来の《覚醒者》たちとは異なり、特殊な薬物により人為的に《覚醒者》になった可能性があります」

途端に、全員が静かになった。

反応したのだ、『薬物』という単語に。

間違いなく全員が、一つのことを思い浮かべたに違いない。

「ええ、その通り。皆さんお察しの通り、我々が標的としている例の製薬会社絡みです」

郁人は椅子から立ち上がり、過去の出来事を語り始める。

「彼の殺された父親の再婚相手は、例の製薬会社の元研究員。それが偶然にも、森浜（もりはま）市に住む男性と結婚し、都合よく半年立たずに夫が死去。さらに夫の実子も精神的ストレスで心疾患を発症し、下手をすれば死んでいた」

郁人は続ける。

「ここまで露骨ではないにしろ、似たようなケースが森浜市では実に多い。原因は明白だ。連中は15年前からここがそうであると知っていたから。でも手が出せなかった。なぜなら普通の人間には感知できないからだ」

誰かがゴクリと唾を飲むような音が聞こえる。

「灰空くんの話に戻しますが、彼が助かったのは、奇跡に近い。知ってますか？　彼が中学2年の頃、最初に倒れて運ばれた病院は、例の製薬会社の前線基地であったことを。彼は父親と違って耐性が強かったんでしょうね。それを良いことに連中は、半年もの間、彼を使って薬物投与の人体実験をしていた。おかげで彼、ちょっと頭の中身がおかしくなっちゃってるんですよ」

感覚機能の異常。彼は他人の感情を異常なほど感じ取れるようになった。

「生きて帰された理由はなんでだと思います？　『ただ使い潰すのももったいないので、定期的に薬物投与して、経過観察する』ためですよ。でも、あるタイミングで処分されることになった。それが高校受験の直前です。どうやら、かなりキツイ新薬を盛られたみたいです」

そして彼は、図書館で倒れた。

「でも幸運なことがありました。彼を回収する予定だった連中に先んじて、彼の知人の女の子が普通の救急車を呼んだことです。そしてたまたま運び込まれたのが、僕たちカリバーンが、被害者を収容するのに使っている病院であったことです」

会議室をゆっくりと歩く郁人（いくと）は、その先を告げる。

「そして目が覚めた彼は、《覚醒者》になっていた」

郁人は続ける。

「しかもあちらさんはそれに気付かなかった。処分には失敗。さらにその直後、彼が有名進学校の生徒として目を引く存在となったことで強硬手段を取りづらくなった。だから引き続き、モルモットとして運用することにした。その結果、灰空（はいぞら）くんに対して、今でも定期的に新薬の薬物投与が行われている状況です」

弁当に紛れ込ませる形で。

「そんな彼のおかげで、僅かながらサンプルも集まっている。ウチの研究機関に回して調べていますが、結構強い薬みたいですよ。もしこちらが想定してた通りの効果がある薬品だった場合、その成功率は1割に満たないそうです。失敗したら？　言わせないでくださいよ、そんな悲惨なこと」

　そう言いながら、しっかりと首を刎(は)ねるジェスチャーをする郁人。

「ああ、皆さんが言いたいことは分かりますよ。確たる証拠がない。本当にそんな薬なのかも怪しい。灰空瑠宇(るう)が《覚醒者》になったのだってたまたま偶然、そのタイミングだっただけかもしれない。さらにもしかしたら、こんなアホなことも言う人もいるかもしれませんね、『それが証明されてから対応すればいい』」

　そして断言する。

「その頃には連中、人工的に量産した《覚醒者》を大量に用意しているでしょうね。もちろん、そんな一部の成功例の下には、数えるのも馬鹿らしくなるくらいの死体が転がる」

　まるで死神のように笑う。

「それだけ多くの子供(じっけんだい)を、わざわざゼロから準備するなんてことしないでしょうから、近くから調達するでしょうね。たとえば生徒数６００名の高校で全生徒に薬物を投与。成功率1割だとしても60名は《覚醒者》を確保できる。それだけで我々に協力的な《覚醒者》諸君とほぼ同数だ。当然、成功者は全員拉致。頭を弄(いじ)るか何かして、自分たちに従順な私兵に作り替える。あとは簡単だ」

囁(ささや)くように告げる。

「《覚醒者(つかいすてのおもちゃ)》を《偽世界(ヤツがいるばしょ)》に送り込むだけ」

誰も何も言わない。だから質問する。

「やらないと思いますか？　分かりますよね？　それくらいのこと連中はするでしょう。なぜなら、連中が欲しいものは、あちら側にあるんですから」

机に手を置き、仲間を見回す。

「現状、我々が連中よりアドバンテージがあるのは、僕たちが普通の人間ではなくなったからです。つまりずっと俺たちのターン？　そんなわけはない。連中はただ指を咥(くわ)えて見ていた？　ノー、当然対策にあたっている。連中は躍起だ。なにせ世界のルールが変わる存在を彼らはとっくに知っているのだから」

誰もが聞き入る中、郁人(いくと)は静かに告げる。

「このゲームに参加しているプレイヤーは多い。でも、僕たちと連中だけを見るなら、その構造は非常にシンプルだ」

皆に告げる。

「奴(やつ)らは欲しい。そして僕たちは潰したい」

そして締めくくる。

「でも僕らのゲームは膠着状態だ。なぜなら、僕らも奴らも手を出すことができないから。なぜならすべてはあちら側にあるから。そして僕たちはもう、あちら側に行けないから」

水を打ったように静まり返った会議室の中、住ノ江郁人はにこやかに微笑む。

「議題に戻りましょう。灰空瑠宇は処分しますか？　しませんよね。流石にそんなアホな子は僕たちの中にはいませんよね？　それはよかった」

議論させるつもりはない。判断を仰ぐつもりもない。

この件については、自分がそうする、それを強固に主張してみせた。

「条件がある」

会議室の奥から重圧のある声が響いてくる。そう口にしたのは、郁人たちのボスだった。

「首輪は付けておけ」

「もちろん、抜かりなく」

それでこの臨時の議題は終わった。

「それでは、ちょっと脇道に逸れてしまいましたが、今日の本題に入りましょう」

場を仕切り直した郁人は、事前に配っておいた資料を壁のモニターに映し出すと、今回の合同作戦の結果について語っていく。

「今回の特殊偽世界事件は、ほぼ予定通りの成果を出すことができました。クランの垣根を越えた協力体制によって、新たなイレギュラーは無事に解決。良い成功例になったかなと」

そう語りつつも、渋い表情を浮かべる。

「ただまあ、やはり『B.E.』への意識変化は難しかったようです。これについては正直、焔さんがクランマスターでいるうちは難しいかもしれませんね」

住ノ江郁人は理解している。

真鏡焔は、分かっているのだと。

自分の役割と、その意味を。

だからこそ覚醒者界隈は割れている。カリバーンの下で1つにまとまらず、その意思に従順に従わなくてもいいことになっている。

クラン『B.E.』という存在があるからこそ、《覚醒者》たちに自由の意識が芽生えている。

蝶なら虫かごにでも閉じ込めればいい。だが蝶の羽ばたきを止めるには殺すしかない。

だが殺してしまえば、自分たちの役には立たない。

もどかしくもある。だが同時にだからこそ期待もしている。

心の中で、そう考える郁人は、リモコンを使い、次のページを表示する。

「新人覚醒者たちの現状把握もできました」

そこには、調査チームの面々から提出された評価レポートをまとめたものが記載されていた。

「皆さん、将来の有望ですが、そんな中でも殊更興味深い子が、2人見つかりました」

画面に2人の《覚醒者》が映し出される。

「1人は、雉子優良希」

灰空瑠宇が手元に置く、《覚醒者》初の魔法使い。

「そしてもう1人」

そこに映る青年を見て、郁人がニヤリと笑う。

「時任廻です」

エピローグ

灰空瑠宇がカリバーンに拘束された翌日の放課後。

狛芽献は『B・E・』のアジトにあるチームAshのチームルームにやってきていた。

手に持っているのは、ここに来る途中で買ってきたケーキである。

瑠宇が昨日カリバーンに拘束された件について、献は雉子たちに偽りの報告をした。

その上で本日、瑠宇が釈放されることも伝えた。

すると優良希がこんな提案をしてきたのだ。

『どうせだったら出所祝いということで、瑠宇を驚かせてやりませんか?』

段取りはシンプル。優良希が瑠宇を迎えに行き、献たちがアジトで派手に出迎える。

なぜそんなことを言い出したかというと単にサプライズをしてみたかったかららしい。

面白そうだし、優良希が嬉々としてやりたがっていることに反対するつもりはない。

「では準備を始めましょう」

ケーキをテーブルに置き、献は飾り付けを始める。

手を動かしながら思い出すのは、昨日のことだ。

瑠宇への面会のつなぎをつけてくれた郁人から、献は《偽世界》で見たことについて口止めされた。それだけで済まされているのは、郁人に自分が瑠宇の付属品であると認識されているからだろう。

郁人と瑠宇の関係については、これまでの経緯から、なんとなくは察しは付いている。

だが瑠宇たちが実際に何をしているか、献は詳しく知らない。

だからこそ献は、瑠宇の行動を探りながら、これからも瑠宇の傍にいるつもりだ。

「うぃっす」

そんなヤル気のない声でチームルームに入ってきたのは、妃泉真白だった。

「こんにちは、真白さん」

「何やってんだ？」

「飾り付けをしているんです」

「そうか、がんばれ」

ソファに腰を下ろした真白は、どうやら手伝ってくれるつもりはないらしい。

だけど、その視線をずっと背中に感じていた。

「何も聞かないのか？」

真白にそう尋ねられた。

「何がですか？」

「私が優良希をけしかけた件についてだよ」

＊＊＊

「別に何も」

妃泉真白（ひいずみましら）の質問に、狛芽献（こまめこん）はただそう答えただけだった。

その余裕が、真白は気に入らない。

今回の被害者リストの中に、瑠宇（るう）の義妹である灰空双葉（はいぞらふたば）がいたことに、真白はもちろん気付いていた。

瑠宇は当然のように、そのことについて自分たち3人に何か言う気配はなく、察しが付くような隙を見せる気配すらもなかった。

やはり瑠宇は、自身の日常について語るつもりもないようだ。

そんな状況において、真白は今回、瑠宇が何か良くないことを仕出かしてもおかしくはないと危機感を抱いていた。

灰空瑠宇が灰空一華（いちか）たちに対して抱く憎しみを、真白は理解している。

それは瑠宇の要望に従い、真白が意図的に一華への接触を繰り返し、一華についての情報を集めているからだ。

互いに日常に問題を抱える真白と瑠宇は、秘密の契約関係にある。

非日常で繋(つな)がる2人は、日常において互いが欲するモノを提供し合う間柄であり、同時に互いの日常に決して干渉しない約束をしている。

ただそれでも、真白は個人的に、瑠宇の家庭環境について調査を終えており、瑠宇の過去についてもある程度は把握している。

だからこそ、灰空瑠宇が間違いなく報復を狙っているということを理解している。

そして、そんな瑠宇の人となりを見れば、それが中途半端なモノでは決してないことも、十分に察していた。

――だから真白は、現状協力しつつも、最終的にはその暴挙を止(や)めさせたいと思っている。

なぜなら瑠宇が目指す結末の先には、彼の幸せはない、と感じているからだ。

真白は灰空瑠宇の凶行を止めたい。

そして瑠宇の目指す結末(バッドエンド)を回避し、真白が思い描く結末(ハッピーエンド)に彼を導きたいと思っている。

それこそ、真白が彼を唯一幸せにできるただ一つの方法だと思っているからだ。

その時、最大の障害になるのは誰か？

決まっている。今、目の前にいる狛芽献である。

真白が知る献ならば、瑠宇の目指す結末(バッドエンド)を後押しするに違いない。

その先にどんな未来が待っていたとしても『灰空瑠宇が望んでいるから』という理由だ

けで全肯定し、最悪の結末へと追いやることを厭わない。

だから真白は心の底で思っているのだ。

――自分にとっての真の敵は、狛芽献であると。

だからこそ気に入らないのだ。自分の存在を歯牙にもかけないその態度が。

最初は気付かなかった。でも最近になってようやく気付いたのだ。

いくら真白と瑠宇が親密になっても献が動じないのは、余裕の表れであると。

関心がないわけではない。ただ相手にするまでもないと思っているのだ。

献だけが知る瑠宇との過去があり繋がりがあるから。

だから今現在、真白たちが何をしても、献はどうも思わない。

自分が一番深く繋がっているという確固たる自負があるから。

「……」

悔しいが現状、それは覆らない。

たぶん今、間違いなく彼のことを最も理解しているのは、狛芽献である。

そして彼女の劣等感は、彼自身に対する自分の在り方にも言えることだ。

現状のままでは、彼を止めることはできないと真白は感じている。

このままでは、そう遠くない未来、彼は復讐を果たし望む結末に到達するだろう。

今のままではダメなのだ。今のままでは何も変えられない。

――だがこの先も、そうであるとは限らない。

今はダメでも、この先は違う。

必ずや覆せる、と真白は強く思っている。

その鍵になる存在が雉子優良希だ。

今回、真白が優良希を動かした真の理由は、優良希の介入により、瑠宇たちの行動に変化が起こるかもと思ったからだ。

瑠宇だけでなく献、そして真白もまた、非日常の中で健やかな変化を見せる優良希に対して温かな感情を抱いている。

日常に問題を抱え、世界がどこか歪んで見える自分がそうであるように。自分と同じ瑠宇と献もまた、優良希の姿に何かしらの期待を抱いている。

そんな風に感じるのだ。

だからこそ、この先において鍵となるのは、瑠宇の日常についてまだ何も知らない雉子優良希という存在。

彼の日常を理解し、それを肯定する献がいて、それを否定する真白がいる。

そんな中、もし優良希を真白側に引き込むことができたなら？

彼の向かう結末を覆すことも可能なはずだ。

真白は密かに、そう考えている。

だからこそ、鼻歌交じりに飾り付けをする相手の背中を見ながら強く思う。

「……負けねぇからな」

「？　何か言いましたか、真白さん」

「なんでもねぇよ」

＊＊＊

カリバーン本部ビル前。

丸一日半の拘束の後、ようやく解放された俺は、外の空気を吸って大きく伸びをした。

献が帰った後、しばらくして俺は手錠を外され、個室に移された。

ビジネスホテルのような内装で、シャワールームもあったし、食事も普通に出た。

そして先ほど、郁人さんがやってきて、「出所です」とスマホを返してくれた。

その他、幾つか連絡事項を受けた。

先日の《偽世界》での件は不問。ただしこれまで通り口外は禁止する。また実家に、学校で調子を崩し病院に運ばれ一晩過ごしたというアリバイ工作の連絡を入れた報告も受けた。

灰空双葉についても、規定の検査を終えた後、カリバーンが用意したシナリオに従い、警察から家出中に保護されたという形で連絡がいき、そのまま解放されるとのことだ。

「ご迷惑をおかけしました」

「別に構いませんよ」

業務報告以外に交わした言葉はそれだけだった。

郁人さんとはエレベーターに乗ったところで別れ、あとは何度か通った道を進み、ビルの外へと出て、こうして娑婆の空気を吸えている、というわけだ。

「さてと、この後どうするかな？」

そんな風に考えていると、誰かの視線を感じた。

そちらを見ると、柱の陰から顔を覗かせている怪しい人物がいた。

「お、お、お勤めご苦労さまです」

人見知り少女が、こちらを見ていた。

「何してんだよ、こんなところで？」

「しゅ、出所した悪い人を迎えにくる人の役」

そう本人は言っているが俺の目からは、「はやくこっち来て！　私をここから連れて行って！」と言っているようにしか見えない。

そんなわけで、俺へのドッキング（服の袖を掴むの意）を完了し、普通に喋れるようになった雉子が尋ねてくる。

「それで瑠宇はどんな悪いことをしたの？」

そういえば、俺のことはどう伝わっているのだろうか？

「聞いてないのか？」

「献先輩に聞いてるよ。なんかとんでもないセクハラして捕まったって」

冤罪がエグイ。

「大丈夫、分かってるから。それは献先輩の冗談で、瑠宇が本当はそんなことしないって」

「雉子」

どうやら俺のことをそれなりに信頼してくれているらしい。

「本当はアレなんでしょ？　クランマスターの人たちに何か失礼なこと言っちゃったんでしょ？　なんかこう『ピーッ』って感じのヤツ」

全然何も分かっていないようだった。

というか、肩を叩くな。「しかたないなぁ～」って顔すんな。

「それを言ったら、志波さんをぶん殴ったお前の方が重罪だろうが」

さぞ動揺するかと思ったのだが、予想に反して雉子がドヤ顔を浮かべる。

「あれについては、あの後、皆さんが褒めてくれたんだよ」

「えっ、そうなのか？」

「真鏡さんが『スゲェすっきりした』って喜んでくれた」

でしょうね。元カレがぶん殴られる様を見て「ざまぁ」って思ったんでしょうね。

「あと殴った志波さんにも、『仲間思いの良い一発だった』って褒められた」

余裕だな。いや、志波さんだからな、先を見越した裏がありそうな匂いがプンプンする。

「空海さんにも言われたんだよ。『自分の信じた正義を貫こうとするのはいいことだ』って」

そう笑顔で報告してくる雉子に、俺は応える。

「よかったな」

「うん、よかった」

ピースサインを向けてくる、そんな雉子の姿を見て、ただただ感じる。

雉子は出会った頃に比べて、とてもいい方向に変わっていると。

「というわけで、瑠宇。さっそくアジトに戻ろうか」

そんな雉子の不自然な誘導に、ジッと雉子の心を盗み見る。

「えっ、サプライズドッキリがあるの？」

「えっ、なんで分かったの！」

驚きの表情を浮かべる、雉子。そしてすぐに気付いたようだ。

「しまった！　瑠宇相手にドッキリなんてできるわけがなかった！」

この子は本当に天才なのかアホなのか分からんな。

「ちなみになんでそんなことしようと思ったんだ？」

「なんか動画で、リア充共がやっているのを見たから」

「いや、言い方言い方。品がないから。お上品じゃないから」

真白お嬢様に怒られるぞ。

「これまではさ、そういうこと全然興味なかったんだけど。……ちょっとやってみたいと思ったんだ」

どうして？　と思った俺の前で雉子が恥ずかしそうにそっぽを向きながら、こう言った。

「瑠宇たちと一緒なら、そういうのも楽しいかもなって」

そんな恥ずかしがる雉子を見て、思わず笑ってしまった。

「ちょ、なんで笑うの！」

「人が笑う時は、嬉しいからか、楽しいからに決まってんだろ」

もはや世界が歪んでしか見えない自分と共にあって、自分とは正反対に変化していく雉子を見るのは、ただただ楽しい。

素直に変わっていく彼女を見ていると、ただただ心が温かくなる。

――雉子優良希に対して、カリバーンから『Ｗａｌｈａｌｌａ』加入のオファーが届いたのは、それから数日後のことだった。

あとがき

クロスオーバー！

声高らかに叫んでいます、鳳乃一真です。

あとがきも2ページあると饒舌になるというもの（文章なんですけどね！）。

さて、今巻はメディアミックス作品『リーバース・ライアーズ』のクロスオーバーエピソードとなっております。

同じ時間軸で発生した偽世界事件を『漫画側』、『ラノベ側』から描くという試み。

先立って漫画連載時にラノベキャラたちが登場している一方で、今巻の作中においても漫画サイドのキャラの皆さんたちが多数登場しております。

視点が違う故に、見えてくる景色もまったく違う2つの物語。

互いにどういう影響を及ぼし合い、互いにどういう決着へと向かっていくのか？

それは皆さんの目で確かめていただければと。

クロスオーバー！

……間が持たない時に便利ですな、この言葉。

今巻でラノベ主要メンバーたちの背景は一通り表現（厳密にはまだ、げふんげふん）。

同時に『リーバース・ライアーズ』という作品としても見えなかった部分が見え始め、

どんどんきな臭い感じになってきました。

そんな世界で、主人公たちはどう立ち回り、どう進んでいくのか？

サブタイトルにある『俺たちが幸せになるバッドエンドの始め方』、そしてその『終わり方』についても考えていただけると面白いかもしれません。

クロスオーバー！

では最後に謝辞を。

本巻の執筆の機会を与えてくださいました皆様。刊行にあたりご尽力いただきました皆様。そしてこの本を手に取ってくださいました読者の皆様に、心より深く感謝致します。

クロスオーバー！

……あれ？　もしかして、喋ることがないからクロスオーバー連呼しているってバレてます？

ちっ、勘の良いガキは嫌いだぜ！　（※注釈：冗談めかした発言。ホントは怒ってないよ）

というわけで、最近他人と心を通じ合わないことについて悩んでいる作家の戯言でした。

今後ともよろしくお願い致します。

鳳乃一真

Lie:verse Liars
俺たちが幸せになるバッドエンドの始め方3

2023年11月25日　初版発行

著者　鳳乃一真

原作　Liars Alliance

発行者　山下直久

発行　株式会社KADOKAWA
〒102-8177 東京都千代田区富士見2-13-3
0570-002-301（ナビダイヤル）

印刷　株式会社広済堂ネクスト

製本　株式会社広済堂ネクスト

Printed in Japan　ISBN 978-4-04-682984-9 C0193

●お問い合わせ
https://www.kadokawa.co.jp/（「お問い合わせ」へお進みください）
※内容によっては、お答えできない場合があります。
※サポートは日本国内のみとさせていただきます。
※Japanese text only

◇◇◇

【ファンレター、作品のご感想をお待ちしています】
〒102-0071 東京都千代田区富士見2-13-12
株式会社KADOKAWA　MF文庫J編集部気付「鳳乃一真先生」係　「あるてら先生」係